तुम

NEXUS STORIES PUBLICATION®
Surat, Gujarat, India.

Title – Tum

First Published by Nexus Stories Publication 2023

ISBN # 978-93-94059-16-0

Writer: Sadhana Bhatt (minibhatt51@gmail.com)

प्रकाशक: हेलो गुजरात
www.hellogujarattv.com I www.hellogujarattv.in
संपर्क क : 9898327026
Email : hellogujarattv@yahoo.com
3, सनस्पो ट, बोडकदेव, गुरू द्वा रा लेन,
एस,जी रोड, अहमदाबाद, 380059. गुजरात, भारत।

Distribution Support By

Nexus Stories Publication®, Surat (Gujarat), Bhārata.
https://nexus-stories. com # +91 87800 80718

धूप में तुम
बारिश में तुम

प्रो. अरूणकुमार भट्ट
को
समर्पित
पूजनीय गुरु पंडित रामनारायण आर्य
को
श्रद्धापूर्ण स्मरणांजलि

ॐ

Swami Adhyatmananda

श्री राम नवमी
१४. ४. २०१६

आदरणीया सुश्री
साधनाबहन भट्ट Ex. Station Director (AIR)

प्रसार भारती के दर्शन आकाशवाणी भवन में होते रहते थे। अब उन्होंने अपने दिवंगत पतिदेव की स्मृति में जो भावनाओं का झरना विस्फुरित होता रहा, उन तमाम आचमनों को शब्द-बध्ध करके प्रस्तुत काव्य संग्रह "तुम" में मुद्रित होकर प्रगट हो रहा है।

इन भावना पुष्पों के समुह हेत्वर्थ कुछ लिखने के लिए साधनाजी की प्रार्थना पर जो आकस्मिक भाव-प्रवाह इस अकिंचन के हृदय गव्हर से प्रस्फुटित हुआ; वह यहाँ सादर प्रस्तुत है। सर्वत्र शुभ हो। सर्वत्र मंगल हो। सर्वत्र कल्याण हो। यही अभिलाषा। ॐ शांति।

मानवता की सेवा में,
सादर विनयावनत सेवक
स्वामी अध्यात्मानंद
ॐ

Sri Divya Jivan Sanskrutik Sangh
Sivananda Ashram, Sivananda Marg, Jodhpur Tekari, Ahmedabad - 380 015.
Ph. : 079-26861234 Telefax : 079-26862345 E-mail : sivanandad1@sancharnet.in
& sivananda_ashram@yahoo.com Website : www. divyajivan.org

ॐ

Swami Adhyatmananda

साधना की साधना
पियू विरह की अल्पना।

शब्दों के संगीत सुर लयों में
गीतों भरी इस मालीका में;
कभी प्रेम कभी स्नेह तो
कभी स्मृतिओं के झंझावात में;
है नौका उछलती यादों के समुंदर में
कभी खाती थपेड़े उलझनों के।
आओ प्यारे मेघ बन कर;
बरसो हृदय गव्हर पर
चपला बनके चमको मनमें;
विरह की अगन लगी तन बदन में।
गये श्याम मधुबन को छोड़ कर
न आये कभी राधा के पथ पर;
तुम गये हो - प्राण प्यारे नयन और अधरों पटल पर।
रात सुनी कभी भयंकर
यादों की बारात ले कर;
साँसों की धड़कन में तुम हो
जीवन विणा के तार तुम हो।
हे अरुण! प्रियतम मेरे
दरस दो सपनन में आके;
झुरती है अभिलाषा
एक बार मधुर मिलन को।

Sri Divya Jivan Sanskrutik Sangh
Sivananda Ashram, Sivananda Marg, Jodhpur Tekari, Ahmedabad - 380 015.
Ph. : 079-26861234 Telefax : 079-26862345 E-mail : sivanandad1@sancharnet.in
& sivananda_ashram@yahoo.com Website : www. divyajivan.org

Swami Adhyatmananda

बादल घीर आते, नयन में बरसते
आँधी और तूफान लेकर;
दिल में उमड़ा है बवंडर
दिशा शून्य चित हुआ भयंकर।

आओ प्यारे पग पग मग भर
हृदय में जगाओ आलोक क्षण भर;
दरस दिखाओ, प्रेम भरी वर्षा लेकर।
जीवन की विथिका पर चलती
साधना साधना ही करती;
अंतर में आओ प्रियतम
आशा प्रतिक्षा में है झुरती।

अंग अंग में धड़कन थिरकन
जीवन भरकी आश निरंतर;
तुम आओगे मुझ पालव पकड़कर
चपला जैसे चमकेंगे नयन भर।
आश निराश न करना स्वामी
हे अरुण! तुम घट पट के अंतरयामी;
गगन गवाक्ष से गरज गरज कर
सुधा बरसाओ - साधना पर।

श्री रामनवमी
२४-४-२०१६.

— स्वामी अध्यात्मानंद
ॐ

Sri Divya Jivan Sanskrutik Sangh
Sivananda Ashram, Sivananda Marg, Jodhpur Tekari, Ahmedabad - 380 015.
Ph. : 079-26861234 Telefax : 079-26862345 E-mail : sivanandad1@sancharnet.in
& sivananda_ashram@yahoo.com Website : www. divyajivan.org

॥ ॐ ॥

अभिवादन

कविता चैतन्य का आविष्कार है। कहाँ, कब और कैसे यह आविर्भाव होता है, हम जान नहीं पाते उसे, क्योंकि यह मनोग्राह्य नहीं है, तर्क से पर है, बुद्धि भी पहुँच नहीं पाती उस सीमा तक। यह तो स्वयं चैतन्य की सहज यात्रा है जो किसी व्यक्ति-चैतन्य से प्रादुर्भूत हो कर परम चैतन्य में परिसमाप्त हो जाती है। यही तो है उसका चरम सार्थक्य।

जो प्रत्येक कवि के साथ होता है, वही हुआ है साधना बहन के साथ। यह घटना स्वतः आनन्दमयी होती है। साधना बहन ने अपना यह अनिर्वचनीय आनन्द यथासंभव यथासामर्थ्य अभिव्यक्त किया है और अब निमन्त्रित करती है सभी भावकों को, सहृदयों को इस निरतिशय आनन्द में सहभागी होने के लिए। साधना बहन पर अस्तित्व के आशीर्वाद कविता का रूप लेकर अवतरित हुए हैं। और जब यह आनन्दमुद्रा ग्रन्थस्थ हो रही है, इस अवसर पर मैं आपका हार्दिक अभिवादन करता हूँ और मेरी प्रसन्नता प्रकट करता हूँ।

~~राजेन्द्र शुक्ल~~

राजेन्द्र शुक्ल...

डॉ. मालती दुबे
पूर्व अध्यक्ष, हिन्दी विभाग,
गुजरात विद्यापीठ,
अहमदाबाद-380014

'राघवी', 412, सरस्वती नगर,
आजाद सोसायटी के पास,
अहमदाबाद-380015
दूरभाष : 079-26745105

दिनांक : 16.04.2019

काव्य-रूप में उतरती एक साधक की साधना

भारतीय मातृशक्ति प्राचीन काल से लेकर अब तक भाषा, तकनिक, विज्ञान, अंतरिक्ष आदि जिस भी दिशा में प्रयाण किया, निश्चित रूप से उस क्षेत्र विशेष का नाम रौशन किया, यथा क्रिस्टा, कल्पना चावला, सुनिता विलियम, सुमन शर्मा की भाँति साहित्य के क्षेत्र में भी मीरा, महादेवी, मृदुला सिनहा की अगली कड़ी में अनेकानेक लेखिकाओं के साथ श्रीमती साधना भट्ट, पूर्व निदेशक विज्ञापन प्रचार सेवा, आकाशवाणी, अहमदाबाद का भी एक जाना-पहचाना नाम है। उनके द्वारा लिखित काव्य-संग्रह 'तुम' प्राप्तकर प्रसन्नता हुई, अतः कवायित्री को बधाई। साथ ही संग्रह की प्रस्तावना लेखन हेतु पाण्डु-लिपि प्रदान करने के लिए धन्यवाद।

एक सौ छत्तीस (136) कविताओं की इस 'थाती' को पढ़ने के बाद ऐसा महसूस हुआ जैसे 'तुम' स्वयं में एक काव्य है, जिसमें कवायित्री अपनी वेदना मिश्रित प्रेमानुभूति को बड़ी सहजता से बहने देती है, यथा-

तुम्हारे नाम का सिन्दूर, भर लिया अपनी माँग में
तुम्हारे स्पर्श का चन्दन, सजा लिया है तन के आकाश में
तुम्हारे आने से खिल गई है, चारों ओर चाँदनी
तुम्हारे ठहर जाने की चाह में, समय भी रुकने लगा

कृति का शीर्षक 'तुम' अत्यन्त लुभावना है, ऐसा आभास होता है, जैसे 'निराला' कवि का दर्शन प्रतिध्वनित हो रहा है, 'तुम प्रेम और मैं शान्ति,' 'तुम प्राण और मैं काया,' 'तुम नभ हो, मैं नीलिमा।' 'तुम योग और मैं सिद्धि,'। 'तुम यश हो, मैं हूँ प्राप्ति'।

②

डॉ. मालती दुबे
पूर्व अध्यक्ष, हिन्दी विभाग,
गुजरात विद्यापीठ,
अहमदाबाद-380014

'राघवी', 412, सरस्वती नगर,
आजाद सोसायटी के पास,
अहमदाबाद-380015
दूरभाष : 079-26745105

दिनांक :

बंगला भाषी हिन्दी कवयित्री की प्रथम रचना है 'चुपके से'। इस काव्य-संग्रह में प्रकृति-प्रेमी लेखिका को प्रकृति से प्रतिध्वनित शब्द मिलते गये और लेखनी चलती रही,

भोर की नमी, भोर की पद्ध्वनि
भोर का सुवास, भोर का सौन्दर्य
भोर का समीर, भोर का प्रभाव
सभी विलीन होते हैं
जब उदय होता है
दिव्य ज्योति का ज्योतिर्मय रूप।

साधना जी का व्यक्तित्व अपने आप में कविता है, जो शब्द ब्रह्म के माध्यम से जीवन के हरेक पहलू को उजागर ही नहीं करता बल्कि शब्दों की लयात्मक क्षमता उनके शास्त्रीय संगीत की शक्ति का आभास भी करवाता है। यहाँ कवि 'नियाज' की पंक्तियाँ सहज ही स्मृति-पटल पर उतर आती हैं :

गीत है वह शब्द जो विधि ने रचा है,
शब्द से ही सृष्टि का सर्जन हुआ है।
गेय होने से इसे हम गान कहते हैं,
सामवेदी साधना ने स्वर दिया है।

मानव स्वभाव की परख एक साहित्यकार का विशेष गुण कहा जाता है, जिसकी धार से साधक की लेखनी अपनी मति और गति से बढ़ती चली जाती है, जरा देखिए तो ....

तारों के शामियाने के नीचे सारी रात कटे तो कितना अच्छा
बिन बोले सब बातें यूँ ही कह जायें तो कितना अच्छा।

राजस्थान, पंजाब, उत्तर प्रदेश, गुजरात, महाराष्ट्र एवं कर्नाटक में पली और बड़ी हुई साधना जी कई

भाषाओं की ज्ञाता होने के साथ संगीत की अध्येता भी हैं, उनके शब्द विविधता में एकता का संदेश देते हैं। अपनी इस 'थाती' में कवयित्री ने प्रत्येक कविता का शीर्षक न देकर विविध चित्रों से कविताओं के परिप्रेक्ष्य को सजाने का बड़ा ही सुन्दर प्रयत्न किया है, कुछ प्रकरण चित्रों के नाम इस प्रकार हैं : आम और पीपल के पत्ते, कमल के पत्तों पर ओस, दोनों नदी किनारे बैठे, बादल और झरने, नायिका, चाय की प्याली और पाइप, मंदिर में जलता एक दीपक, गुलदस्ता, कोयल, पपीहा और मोर, हँसता हुआ एक वृद्ध चेहरा, बर्फ का सूना पहाड़, सूना आँगन, कानून की प्रतिमूर्ति, पुराना महल और खंडहर, देश की पहचान, बन में लगी आग, दुःख, फ़कीरी, बिजली और काली घटा, नदी सागर से मिलती हुई, पूजा गृह, तानपुरा वाला चित्र, खुशी के पल, रेगिस्तान और नायिका, माँ अपने शिशु के साथ आदि आदि....।

प्रकरण चित्रों में विविधता है, जहाँ प्रकृति, धर्म, प्रेम, सुख, दुःख, राष्ट्रप्रेम, समाज, घर-आँगन, परिवार, कानून की प्रतिमूर्ति और गुलदस्ता सब है। 'गुलदस्ता' का सौन्दर्य देखते ही बनता है, कैसे अनोखे रिश्ते जुड़कर उपवन के रूप में कवि कालिदास के सौन्दर्य की याद दिलाता है, कवि के शब्दों में "प्रियेषु सौभाग्य फला हि चारुता" का दृश्य उपस्थित कर देता है, प्रस्तुत है :

हमारे अनोखे रिश्ते जुड़े तो गुलदस्ता बन गया
जिन्दगी की मस्ती भरी चट्टानों और फिसलते ढलानों के बीच

'कानून की प्रतिमूर्ति' चित्र परिप्रेक्ष्य में कवयित्री पूरी तरह मानवता के पक्षधर के रूप में कह उठती है :

आँसू का कोई रंग नहीं, खूनो-दर्द की कोई जात नहीं
इन्सानियत का कोई भेद नहीं, प्यार हमदर्दी की कोई सरहद नहीं

आकाशवाणी में आने के पहले श्रीमती साधना भट्ट कुछ वर्षों तक अंग्रेजी की व्याख्याता रहीं। कई भारतीय भाषाओं की ज्ञाता होने के साथ उन्होंने फ्रेन्च भाषा भी सीखा था। विप्रसे की निदेशक के रूप में कई विशेष प्रतिभाओं का साक्षात्कार भी उन्होंने लिया था, जिनमें दलाई लामा, नेल्सन मंडेला, हिलेरी क्लिंटन, राज बब्बर, बृज भूषण काबरा, रवीन्द्र जैन, इला भट्ट, दीना पाठक तथा गीत सेठी आदि प्रमुख हैं।

राजस्थान के अजमेर शहर में जन्म होने से उर्दू का भी अच्छा परिवेश मिला, यही कारण है कि संग्रह के काव्य गीतों में नज़ाकत और तहज़ीब वाली भाषा उर्दू के शब्दों की भरमार है। कहीं कहीं हृदय की स्थिति का चित्रात्मक वर्णन शब्दों के माध्यम से कवयित्री ने चित्रित किया है:

मेरी जिन्दगी की किताब रब के सामने खुली थी
मैं अपने तकलीफों से जूझकर मंजिल को खोज रही थी

कृति का मनमोहक शीर्षक अधिकारों और दायित्वों का संकेत देता है, रेगिस्तान और नायिका प्रकरण चित्र का एक उदाहरण द्रष्टव्य है:

आते हो तुम, तो सपनों के पैरों तले चाँदनी बिछ जाती है
जाते हो तुम, तो अन्देसा के फासले रेगिस्तान से फैलते हैं

21वीं शताब्दी के प्रथम चरण और प्रथम कृति से 'बगिया की कली' काव्य को विचार केन्द्र में रखकर कवयित्री जीवन से ही जीवन के लिए प्रश्न पूछने में तनिक भी नहीं सकुचाती:

प्रेम विश्वास का बन्धन
किस परिधि में जकड़ा ये क्रन्दन
जीवन को दिया तूने जीवन
पाया क्या? अर्पण कर तन मन

प्रभावपूर्ण अभिव्यक्ति के बीच अनुभूति की गहनता मनमोहक बिम्बरूप में कागज पर उतर ही आती है और मन के परिवेश में सुधियों के क्षण झिलमिलाते दिखाई पड़ते हैं, प्रस्तुत है:

मैं वो सूनसान पगडंडी हूँ, जो ऊँचे पहाड़ों की गोद में बसी हूँ
मैं वो झुके बादल हूँ, जो बरसात की बूँदें खो चुकी है।

प्रस्तुत रचना में 'माँ' की ऊँचाई शब्द ब्रह्म से भी अधिक है, वह तो जीवन के सुख-दुःख का समन्वित रूप है। प्रस्तुत है साधक की अनुभूतियों के उदात्त गुण - संग्रह के अंतिम काव्य से:-

माँ, एक शब्द नहीं, एक जीता जागता एहसास है
माँ, जो तुम नहीं, तो जीने का एहसास भी नहीं
हर खुशी से दामन को भरती है माँ
हर दिन-रात दुआएँ देती है माँ
हिमालय की ऊँचाई की उदारता है उसका सहज स्वभाव

निष्कर्षतः सही अर्थों में यह काव्य-संग्रह काव्य-रूप में उतरती एक साधक की साधना ही है, जिसमें कवयित्री श्रीमती भट्ट का व्यक्तित्व अपने आप में जीवन्त कविता है, जहाँ सुख-दुःख, लय-छंद, गीत-संगीत, आचार-विचार, संस्कार-संस्कृति आदि हर मूल्यों का समावेश है।

स्वाभाविक हिन्दुस्तानी में लिखे गये कवयित्री के इन गीतों को साहित्य-जगत में पढ़ा, सराहा और सम्मानित किया जाये। इसी शुभ भावना के साथ

मालती दुबे

ॐ

डॉ.प्रणव भारती

एम.ए(अंग्रेज़ी,हिंदी)

तुम, केवल तुम ही तुम हो, जिधर निगाहें जाती हैं,
तुमसे अलग न हो पाती हूं, चाहे कितनी दूर रहो तुम!

श्रीमती साधना भट्ट का 'तुम' मेरे सामने है, ऐसे शब्दों का संसार जिसके शब्दों की गहन यंत्रणा में डूबी लेखनी से 'आह' निकलकर कवयित्री की साँसों में आ-जा रही है।

'तुम' बिछुड़े हुए प्रियतम की साँसों का वो खज़ाना है जिसे साधना जी ने अपने दिल में समेटा है। किसी एक के न रहने से ज़िंदगी कितनी पीड़ादायक हो जाती है, इन पंक्तियों से गुज़रने पर यह अहसास बड़ी शिद्दत से होता है। एक टीस है जो आँखों के समंदर से गुज़रती हुई दिल का फफोला बन जाती है।

'तुम' कवयित्री साधना भट्ट का अपने जुदा हुए पति की स्मृति में लिखा गया एक ऐसा दस्तावेज़ है जिसे कोई नाम देने की ज़रूरत नहीं है। यह रूह से निकल रूह में समाया है। ये केवल वे संवेदनाएं हैं जो हर पल उनके मन की भीतरी सतह को छूती रहती हैं, वह तड़प है जो एकाकीपन की पीड़ा से उठी है। वो आँसू हैं जो मुहब्बत में बहते तो हैं पर न कड़वे लगते हैं, न ही मीठे। उन आँसुओं में कड़वी-मीठी आस की ऐसी पवन है जो उन्हें झकझोरती तो है, थपकी भी देती है।

अपने प्रियतम के साथ ज़िंदगी को गुज़ारे हुए लम्हे न उन्हें सोने देते हैं, न ही जागने। भीतर कोई एक हिलोर है जो कभी बिखरती है तो कभी सिमटती है। कभी छोड़कर चले गए प्रियतम से शिकवा करती है तो कभी रब भी उनकी लपेट से बच नहीं पाता। कवयित्री महसूसती हैं उन लम्हों को जो कभी

एम.ए (अंग्रेज़ी,हिंदी)साहित्यकार – 'ललितश्रुति'31,उमेद पार्क,सोला रोड,अहमदाबाद 61.—मोब;9904516484

चित्र के माध्यम से तो कभी सॉनेट के माध्यम से उनकी रूह में बसे उनके प्रियतम हर पल एक छुअन बनकर उनके साथ बने रहते हैं।

सच भी है भौतिक शरीर के खत्म होने से छुअन खत्म नहीं होती, वह तो ताउम्र साए सी साथ ही बनी रहती है। साधना जी के भीतर प्रियतम की छुअन आज भी पूरी शिद्दत के साथ बनी हुई है।

'तुम' अपने प्रियतम को समर्पित कर श्रीमती साधना भट्ट ने उन्हें बड़ी खूबसूरत व सच्ची श्रद्धांजलि दी है। आशा ही नहीं पूर्ण विश्वास है कि 'तुम' के पाठक उनकी भीनी संवेदना को अपने भीतर महसूस कर एक सुगंध से सराबोर होंगे।

'चुपके से' कवयित्री का पहला कविता-संग्रह था और 'तुम' दूसरा संग्रह है, जो कोई संशय नहीं कि 'उन' तक पहुंचेगा।

वैसे तो उनके मन की हर छुअन हर पल कोमल संवेदना सी बनी हुई है। ये रिश्ते केवल भौतिक ही नहीं हैं, ये रिश्ते आत्मा से जुड़े हैं।

इस सुगंध के लिए कवयित्री को अत्यंत साधुवाद व अभिनंदन।

'तुम' का स्वागत है।

डॉ. प्रणव भारती
साहित्यकार
अहमदाबाद

भारतीय प्रबंध संस्थान वस्त्रपुर, अहमदाबाद 380 015
INDIAN INSTITUTE OF MANAGEMENT Vastrapur, Ahmedabad 380 015

प्रिय मित्रों,

मुझे भट्ट साहब की याद में यह पत्र लिखते हुए बहुत सुखद अनुभूति हो रही है – इसलिए नहीं कि वे आज हमारे बीच नहीं हैं, परन्तु इसलिए कि उनकी याद करके दिल में एक गुदगुदी और चेहरे पर एक मुस्कान अनायास ही आ जाती है।

भट्ट साहब से मेरी मुलाकात लगभग 7-8 साल पहले हुई थी। वे I.I.M. कैम्पस में टहलने आते थे, और मैं और मेरी पत्नी भी टहलते थे। भट्ट साहब की पहली यादें एक बहुत ज़िंदादिल इंसान की हैं। मुझे ऐसा लगता था कि यह आदमी ज़िंदगी जीना जानता है। हमेशा हँस कर मिलना, positive बातें करना, और अपनी positive energy दूसरों को transfer करना – ये उनकी कुछ खूबियाँ थीं जो उनको दूसरों से अलग करती थीं। उम्र तो बस एक नंबर है – एक पड़ाव, और इसका एक इंसान की ज़िंदादिली से कोई लेना-देना नहीं है। ऐसा उनसे मिलकर समझ में आया।

डा. भट्ट बताते थे कि कभी-कभी उनको इतने सबेरे I.I.M. में टहलने आने के लिए, साधना जी मना करती थीं। कैम्पस में कुत्ते भी काफी हैं और एक short-statured, fragile से दिखने वाले आदमी के पीछे पड़ सकते हैं। पर भट्ट साहब भला कहाँ मानने वाले थे। वे आते थे और शायद 1-2 बार कुत्तों से पाला भी पड़ गया था। परन्तु भट्ट साहब का टहलना बदस्तूर जारी रहा।

इसी दौरान साधनाजी ने हमें अपने घर खाने पर भी बुलाया। साधनाजी से मिलकर तो ज़िंदगी के नए मायने पता लगे। ~~[illegible]~~ इतनी accomplished lady, और इतनी सादगी! वल्लाह। जवाब नहीं। प्रो. भट्ट और साधनाजी से मिलकर जाना कि "Made for Each Other couples" क्या हो सकते हैं। इन्होंने ज़िंदगी की तमाम अच्छाइयों और बुराइयों को चुनकर एक प्यार का महल खड़ा किया – जिसमें एक दूसरे के प्रति समर्पण था, सम्मान था और बहुत-बहुत प्यार था! हम लोग अनायास ही उनकी ओर खिंच गए।

Phone : 91 - 79 - 6632 3456 / 7241 / 7242 • Fax : 91 - 79 - 6632 6896, 2630 6896 • Website: www.iimahd.ernet.in

भारतीय प्रबंध संस्थान वस्त्रपुर, अहमदाबाद 380 015
INDIAN INSTITUTE OF MANAGEMENT Vastrapur, Ahmedabad 380 015

उनकी किताबों का संग्रह, उनका terrace garden, उनकी green tea, उनका अपनापन - मुझे आज भी याद है और गुदगुदा जाते हैं।

भट्ट साहब और साधनाजी ज़िंदगी को बहुत elegance से जीना जानते थे। वे कभी भी किसी से कोई उम्मीद नहीं करते थे - बस प्रेम और इज़्ज़त के साथ मिलो और दो खुशनुमा पल साथ गुज़ार लो।

सच कहूँ तो भट्ट साहब में मुझे देवानन्द की छटा दिखाई देती थी - चपल, प्रसन्न, गहन, ज़िंदगी को प्यार करने वाले और अपने से - "मैं ज़िंदगी का साथ निभाता चला गया..."

बहुत प्यार और सम्मान के साथ,

अमित गर्ग
(प्रोफेसर, IIM अहमदाबाद)
9428404967
amitgarg@iima.ac.in

फेसबुक पर परिचय हुआ और पता चला कि अरे यह तो एके सर की पत्नी है | एके भट्ट .. रंगमंच के मेरे वरिष्ठ दोस्त और उन की पत्नी .. साधना भट्ट .. दोस्तों के लिए मिनी .. मनु | रिटायर्ड स्टेशन डायरेक्टर आल इण्डिया रेडिओ अहमदाबाद | बंगाली, गुजराती, मराठी, हिंदी, इंग्लिश और फ्रेंच भाषा की ज्ञाता | उत्कृष्ट अनुवादक | शास्त्रीय संगीत और रविन्द्र संगीत गायिका | लय ताल में डूबी हुई | दिल से संगीत और कविता में रमने वाली कवियत्री | हमारी दोस्ती गहराती गयी .. समान धागा था एके सर का रंगकर्म, ब.व.कारंत का रंग संगीत और लोक धर्मी रंगकर्म,गिरीश कर्नाड का नाट्य लेखन,बादल सरकार का तीसरा रंगमंच | सिनेमा .. बंगाली अभिनेता एस.एन.बैनर्जी की भतीजी, गुजराती फिल्म की अभिनेत्री, सत्यजित रे, मृणाल सेन की बंगाली फिल्मे, गुजराती, हिंदी फिल्मो के साथ इंग्लिश फिल्म के साथ फ्रेंच, जापानी फिल्म्स की शौकीन | फ्रांसिस फोर्ड कपोला और मारिओ पूजो का गॉड फादर की पटकथा लेखन से प्रभावित | हिंदी फिल्मो के स्वर्णिम काल का संगीत .. शंकर जयकिशन, एस.डी.बर्मन, सलिल चौधरी, मदन मोहन के बनाये गाने | लता,आशा,मन्ना डे,किशोर की आवाज ..

असंख्य विषय थे हमारे बीच | ऐसे में अमेरिका और हिंदुस्तान की दुरी महसूस ही नहीं होती थी | ऐसी बहुआयामी व्यक्तित्व से दोस्ती होना बड़ी उपलब्धि थी |

एके सर के निधन के बाद हाल फिलहाल मुक्काम यूएसए .. लालू, नानकु और जेकब के साथ | कहती थी दुनिया घुमुंगी और घुमती रही कभी परिवार के साथ तो कभी अकेली ही .. रेल, बस, हवाई जहाज, क्रूज़, हॉट एअर बलून .. जो भी साधन हो बस घुमना है | एक देश से दुसरे देश .. इंग्लैंड, फ्रांस, स्पेन, इटली, रशिया .. सारी दुनिया |

फिर एक दिन पंछी को अपने घोसले की याद आई .. अहमदाबाद .. एके और मिनी का घोसला | लेकिन घुमना जारी था | अहमदाबाद से इंदौर,फिर महेश्वर,मांडू,उज्जैन यात्रा की योजना बनी मनु की |

लेकिन मुझे बड़ा झटका लगा इंदौर एअरपोर्ट पर | पोलियो हुए पाँव पर कैलीपर्स बाँधे, कृषकाय छोटी सी मनु व्हील चेअर पर बैठी मुस्कुरा रही थी | मुझे सहसा विश्वास नहीं हुआ .. पोलियो ? व्हील चेअर ? यह कैसे यात्रा करती है ? लेकिन दुसरे दिन मेरे अनुमानों को झुठलाते हुए अपनी शारीरिक कमजोरी को पछाड़ती यात्रा के लिए तैयार थी आत्मविश्वास से भरी मनु |

मनु को कुछ दिन अहमदाबाद अपने घर में रहना था .. अपने घोसले में .. एके की यादों से लिपट कर | 43 वर्ष का सहजीवन था मनु और एके का | एके के प्रेम में आकंठ डूबी मनु .. उसे याद करते हुए कविता लिखती मनु |

मनु .. . तुम्हारे कविता संग्रह " चुपके से " की एक कविता की चन्द पंक्तियों के साथ नए कविता संग्रह " तुम " के लिए शुभकामनाएँ ..

आषाढ़ श्रावण सी स्मृति तुम

कस्तूरी महक सी स्मृति तुम

तुम आओ तो घने बादल आये

तुम आओ तो नाचें मोर

तुम आओ तो ..

तुम आओ तो ..

आशीष कोतवाल

अभिनेता,पटकथा लेखक,निर्देशक

संपर्क 9399779553

भावनाओं के पृथक रंग बिखेरता है संग्रह "तुम"

डॉ. अंजना संधीर

पुरुष और प्रकृति के स्नेहिल प्यार की झिलमिल यादों के सागर में डूबा है यह काव्य संग्रह "तुम" जिसमें कवयित्री साधना भट्ट ने अपने प्रेम में डूबे, पल-पल गुजरते जीवन के भावों को व्यक्त किया है। ज़िंदगी में सब कुछ हो और अगर प्रेम न हो तो जीवन कैसे मुरझा जाता है और प्रेम से भरा हुआ हो जीवन तो कितना मधुर हो जाता है इसका अहसास इस संग्रह में संकलित रचनाओं से होता है। प्रेम में डूबे हुए व्यक्ति का व्यक्तित्व कैसा खिला-खिला होता है उसका उदाहरण हैं स्वयं साधना भट्ट जी। हाँ, उन्हें साधना भट्ट जी ही कहूँगी क्योंकि मेरे साथ उनका रिश्ता कुछ ऐसा ही है जिसमें माँ का-सा प्यार, दोस्त की सी दोस्ती और कामरेड की कामरेडशिप जुड़ी हुई है।

आवाज़ की दुनिया यानि रेडियो के जमाने से शुरू हुई जान-पहचान जब बहुत छोटी थी मैं और आकाशवाणी के कार्यक्रमों में शामिल हुई तब से आज तक ज़िंदगी में कैसे-कैसे उतार-चढ़ाव आये लेकिन उनसे रिश्ता बराबर बना हुआ है। आकाशवाणी के विभिन्न कार्यक्रम चाहे वो गीतों भरी कहानी हो या विविध भारती के विभिन्न कार्यक्रम या आकाशवाणी द्वारा आयोजित कविसम्मेलन हमेशा मुस्कुराकर कहती, "अंजना जी आप को आना है, बस" और हम ज़रूर हाज़िर हो जाते।

सन् 1980 से 1995 के दरम्यान आकाशवाणी अहमदाबाद-वड़ौदा और विविध भारती के जाने कितने कार्यक्रमों में शामिल रही मैं और वे अलग-अलग पदों पर बढ़ती चली गईं। उन्होंने जिनसे भी रिश्ते बनाये वे स्नेह से भरे, मजबूत हैं। नौकरी-नौकरी है लेकिन रिश्ता-रिश्ता। आकाशवाणी में तो हज़ारों कलाकार आते हैं लेकिन हरेक से रिश्ता नहीं बनता लेकिन उनका स्नेहिल स्वभाव, उनकी नौकरी, पद-गरिमा सब जगह दिखाई पड़ता था। काम को पूजा की तरह करती रही हैं वे। मेरी शायरी से उन्हें बेहद लगाव रहा है। मैं अमरीका 1995 में

गई और
हर दो साल बाद भारत यात्रा पर आती रही। उनसे मुलाकात
निश्चित रूप से होती और वे कहती, "अंजना जी हमारे
श्रोताओं के लिए थोड़ा समय दीजिए" और हर बार
दो-एक रिकॉर्डिंग्स मेरे होते।
मेरी सी.डी "धड़कनें" की रिकॉर्डिंग थी, अहमदाबाद में प्रीतमनगर के एक
स्टुडियो में। उस जमाने में कैसेट्स हुआ करते थे तब कुछ
मित्रों का कहना था कि आप की कविताओं और ग़ज़लों की
आप की आवाज़ में एक कैसेट निकालो, आप के जाने बाद
हम भारत में उसे सुनते रहेंगे। अपनी इस नई सदी की
शुरुआत की पहली भारत यात्रा में मैंने तय किया कि कैसेट रिकॉर्ड
की जाए क्योंकि मेरे अहमदाबाद के साहित्यिक परिवार के
साथी मुझसे बेहद प्यार करते थे। मैंने साधना जी से कहा, "
क्या आप कैसेट में मेरा परिचय बोलेंगी?" उनकी आवाज़ बहुत
मधुर है, बड़ी मीठी आवाज़ में वे गाती भी हैं। मुझे कभी यह
ख्याल नहीं आने दिया उन्होंने कि वे इतने बड़े पद पर हैं, मुझ से
बड़ी हैं लेकिन उनसे जो लगाव है कि उनसे कभी भी, कुछ भी
कहा जा सकता है और वे मुझे कुछ भी कह सकती हैं तो
जब मैंने अपने विचार कहे तो वे तुरंत बोली "हाँ क्यों नहीं
मैं रिकॉर्डिंग के दिन पहुँच जाऊँगी।" मगर जिस दिन
रिकॉर्डिंग थी अहमदाबाद में बेहद बारिश थी, बारिश भी
इतनी की घुटनों तक पानी भर गया। मैं बड़ी मुश्किल
से रिकॉर्डिंग स्टूडियो पहुँची, मेरे पास समय नहीं
था और स्टूडियो इस डेट के अलावा मिल नहीं पा रहा
था अतः क्या करती? साधना जी के पाँव में तकलीफ
है मुझे उनकी चिंता हुई कि वे तो कैसे आ पायेंगी
क्योंकि वे थोड़ा लंगड़ा कर चलती हैं। रिकॉर्डिंग कैंसिल
नहीं हो सकती, मैंने भगवान से मन ही मन प्रार्थना की
कि मेरी रक्षा करो, मदद करो। बारिश थोड़ी कम हो गई।
लेकिन ये क्या.. बारिश में भीगते-भीगते, बड़ी मुश्किल
से चलते हुए साधना जी स्टुडियो पहुँच गई। उन्हें देख

मेरी आँखें भर आईं। मैंने उन्हें और से झप्पी डाली और कहा, "आप इतनी बारिश में आईं मैं वाक्य पूरा करूँ उससे पहले वे बोलीं, "बंगाली में कहते हैं, अगर बारिश पड़ती है किसी कार्यक्रम में तो कहते हैं इन्द्रदेवता प्रसन्न हुए हैं, तुम्हारा काम तो श्रेष्ठ होने ही वाला है।"

उन्होंने इतनी मधुर आवाज़ में "धड़कनें" में मेरा परिचय दिया, जिसे लोगों ने बहुत सराहा। उन्होंने कहा है, "मैं तो उस अंजना को जानती हूँ जो हमारे स्टूडियो में दो चोटियाँ कर के आया करती थी" और फिर मेरे कार्य के बारे में अपनी मधुर आवाज से मेरा परिचय करवाया।

ऐसे तो कितने ही अंतरंग पल उन से जुड़े हैं। मेरी भारत वापसी पर मैंने गुजरात की सौ महिला लेखिकाओं का एक संग्रह "स्वर्ण आभा" सम्पादित, प्रकाशित किया जिस में उन की कविताएँ शामिल की। कार्यक्रम के विमोचन समारोह में पुस्तक प्रदर्शनी का आयोजन किया जिसमें उनके प्रथम प्रकाशित काव्य संग्रह को शामिल किया। गीत और संगीत उनके व्यक्तित्व का हिस्सा है।

इतने सालों बाद उनका फोन आया, "अंजना, मैं साधना भट्ट बोल रही हूँ।" मैंने कहा, "अहोभाग्य! नाम देने की जरूरत नहीं आपकी आवाज़ ही पहचान है, बोलिए कैसे याद किया ?"

फिर उसी प्यार से बोलीं, "तुम तो बहुत बड़ी हो गई हो।"

मैंने कहा, "आपके लिए नहीं, कभी नहीं।"

दरअसल भारत वापसी पर मैं अपने जीवन में फिर बेहद व्यस्त हो गई और वे रिटायर हो कर अमरीका में अपने बच्चों के पास चली जातीं, कभी भारत रहतीं। इस दौरान उनके पति श्री अरुण कुमार भट्ट का देहांत हो गया तो जीवन का एक प्रेम भरा पन्ना अपनी प्रेमभरी यादें दे कर बिछड़ गया जिसने उन्हें मानसिक वेदना से ग्रस्त कर दिया, लेकिन खूबसूरत प्रेमभरी यादों को उन्होंने कविताओं

में ढालना शुरू किया। वे अपने पति से बेहद प्यार करती थीं। बंगाली भाषी होते हुए भी गुजराती परिवार की दुल्हन बनी। गुजराती परिवार भी ऐसा कि गुजरात के एक लेखक परिवार के रंग से भरा जिसने उन्हें बंगाली के साथ-साथ गुजराती परिवार का भी वातावरण दिया। उस जमाने में प्रेम विवाह बड़ी कठिन परिस्थिति से गुजरने का दौर था लेकिन दोनों ने एक दूसरे का हाथ पकड़ सफलतापूर्वक उसे निभाया।

साधना जी ने कहा, "अंजना, भट्ट साहब और मेरी ज़िंदगी के बीते पलों से जुड़ी ये ~~संवेदनाएँ,~~ भावनाएँ ~~मैंने~~ पन्नों पे उतारी हैं मैं चाहती हूँ इन पर तुम कुछ लिखो, जिसे मैं पुस्तक में शामिल करना चाहती हूँ।" मैंने कहा, "अरे वाह! ज़रूर लिखूँगी, क्या नाम है काव्य संग्रह का?"

वे बोली "तुम"। इसमें भाव अभिव्यक्ति के साथ-साथ तस्वीरें भी छपेंगी।"

मैंने कहा, "भेज दीजिए।" उन्होंने अपने काव्य संग्रह की एक फोटो कापी मुझे भेज दी।

कविता संग्रह पढ़ते-पढ़ते उनके भाव जगत में घूमने लगी ~~मैं~~। कविता अगर दिल से लिखी जाती है तो उसका असर अलग ही होता है, दिमाग से लिखी कविताएँ हर तरह से परिपूर्ण होते हुए भी मानसिक व्यभिचार-सी प्रतीत होती हैं इसीलिए वे अपना प्रभाव नहीं छोड़ती ऐसा मेरा मानना है। साधना जी ने दिल से उगे उद्‌गारों को जो जामा पहनाया है वह संग्रह पढ़ते-पढ़ते पाठकों को भावनाओं में बाँध लेता है यही उनकी रचनाओं की खूबी है। ~~जैसे~~ जैसे भावों से ~~उन्हें~~ पिरोती ये रचनाएँ हैं जिनके साथ ~~सुंदर~~ चित्र शब्दों को और सुंदर बनाते हैं जैसे कुछ उदाहरण देखिए :

माटी की इज़्ज़त देश की इज़्ज़त है
सुर ताल माटी से हो तो वही इबादत है।

इस रचना के साथ देश के राष्ट्रपक्षी मोर की सुंदर तस्वीरें छपी हैं।

ज़िंदगी में पिता का प्यार एक बेटी को कितना मजबूत बल देता है और आगे जब साथी उस मजबूती को और मजबूत बना देता है तो कैसे खिल उठता है स्त्री का व्यक्तित्व इस रचना में देखिए:

कर दिखाने का मौका पापा और तुम ने दिया
मकाम तक पहुंचने का हौसला तुमने दिया।

कई-कई मकाम आये, लौट गये शिकस्त से
गढ्ढे कईयों ने खोदे, खुद गिर गये काहिल से।

रचना के साथ चित्र है पापा और बेटी का।

पति के प्रेम में स्त्री का बचपन लौट आया यह महसूस करना एक उपलब्धि है प्रेम में डूबी स्त्री के लिये जिसे कवयित्री ने यूं व्यक्त किया है—

"बचपन फूलों के रस में नहाया हुआ फिर एकबार
खुशियों से सारे घर में उजाला हुआ फिर एकबार

न खत्म होने वाले सिलसिलों का दौर बेमुद्दत हो चला था
तुम्हारे साथ रहते-रहते, बचपन मेरा लौट चला था।

इस रचना के साथ सावन में आंगन की तस्वीर है जो बहुत कुछ कह जाती है।

अपने प्रेमी से बिछड़ जाने के बाद बेचैनी की ज़िंदगी कैसी हो जाती है उसका ज़िक्र उनकी मुक्त संवेदनाओं में जगह-जगह दिखाई पड़ता है जैसे—

तुमने छोड़ी जो यादें, मेरी गली कह को कायल कर गईं
गुलिस्तान मेरा वीरान हो गया, तुम्हारी नींद कायम क्यों हो गई?

तुम्हारे दिल के समुंदर की मौजों ने बहाया दूर-दूर तक।
तुम्हारे दिल की अमीरी ने खज़ाने लुटाए दूर-दूर तक
मैं वो कश्ती हूं जिसे बेरहम मौजों ने दूर फैंका है।
मैं वो सब्र का पहाड़ हूँ जिसे आज रब ने ज़मीन दोस्त किया।

x — x — x — x

कुछ और रचनाओं के शेर देखिए :-

प्यार की राह में वो सब मिला जो तसव्वुर में न था
नक्शे कदम तुम्हारा ही था, जो कहकशां में न था।

— x —

ये फूल, ये बादल, ये पहाड़, ये आसमां मेरे हैं
धूप में चमकते शबनमी बादलों के धनक मेरे हैं।

तुम्हारी संगत में बहार की ताज़गी, आफताब की रौशनी है
तुम्हारे मिजाज़ में सारे जहाँ का सोज़ और साज़ भरा है।

— | — | —

दिये जलाने से दिवाली नहीं होती
दिल के दिये से दिवाली होती है

— | — | —

मेरे झुर्रियों वाले हाथ पर हाथ रख दो, तसल्ली हो जायेगी
कुछ कहते हुए भी कुछ न कहो, ताज़ीयात हो जायेगी।
जब कभी जंग ज़िंदगी बचाने की होती है, मौत की शिकस्त होती है,
जब कभी सुलह प्यार की होती है, नफरत की शिकस्त होती है।

— | — | —

रब सब से बड़ा दानवीर है, हमारी सोच के फासलों से परे
खैरात ऐसे बाँटता है जैसे चुटकियों का खेल हो।

— | — | —

तुम्हारे आने से दर्द का इलाज खुद ब-खुद होता है
तुम्हारे चले जाने से हर शाम एक दर्द सा होता है

माँ, एक शब्द नहीं एक जीता जागता अहसास है
माँ, जो तुम नहीं तो जीने का अहसास भी नहीं

सात सुरों के सात समुंदर सी गहराई में सराबोर है माँ
ज़मीं और आसमाँ के बीच की अहम गांठ है माँ

— । — । —

बिछड़ के तुम से मरना है, ये तजुरबा भी इसी ज़िंदगी में करना है
आहों को दिल में छुपाना है, ये तजुरबा भी इसी ज़िंदगी में करना है

खो गई हूँ मैं ग़मों के सहरा में, तुम जहाँ भी हो पुकारो मुझे
खो गई है फूलों की महक गर्द में, तुम जहाँ भी हो उठा लो मुझे

कवयित्री ने घर, बाहर, नौकरी और बच्चे यानि अपनी सुंदर गृहस्थी को जिस प्रकार जिया उन सब का लेखा-जोखा, कलम के जरीए पन्नों पर उतार दिया है विशुद्ध भाव से। प्रेम के अलग-अलग रूप उनकी रचनाओं में दिखाई पड़ते हैं चाहे वो प्रेमी-प्रेमिका का प्रेम हो, देश और माटी का प्रेम हो बच्चों और परिवार का प्रेम हो, प्रकृति की सुंदरता हो, मौसम के रंग हों, मिलन हो या जुदाई सब तरह के रंग भाव रूप में बिना किसी काव्य की विधा या शैली यानि ग़ज़ल, गीत, कविता, दोहे, शेर में बंधे रचनाओं में दिखाई पड़ते हैं इसीलिए भावों को उन्होंने कोई शीर्षक भी नहीं दिया। पति से बिछोह के बाद अंदर दूर तक फैला दर्द और टूटन का सर्वोपरि भाव लिए "तुम" संग्रह खड़ा हुआ है। मैं भावों से भरी कवयित्री साधना भट्ट को शुभकामनाएँ देती हूँ और चाहती हूँ वे इसी तरह और भी सृजन पथ पर बढ़ती जाएँ तथा इस कॉफी टेबल बुक का पाठक उनके भाव जगत में घूम कर आनंद लें, तथास्तु।

6 मई 2019

डॉ. अंजना संधीर
L-104, शिलालेख सोसायटी
शाहीबाग, अहमदाबाद-380004
M: 9099024995

SEWA Count 40...

સેવા ચાલીસી...

સ્વાશ્રયી મહિલા સેવા સંઘ (સેવા)

Self Employed Women's Association (SEWA)

૧૯૭૨-૨૦૧૨ 1972-2012

ता. २/४/२०१९

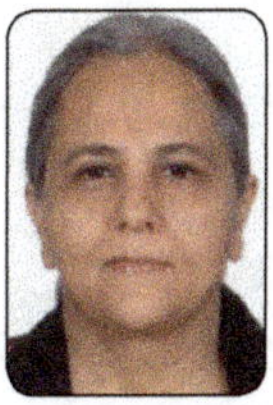

प्रति
श्री साधना बहन भट्ट

श्री साधना बहन जी,

स्वतंत्र भारत की रचना का काम पूरा नहीं हुआ हैं| बहन साधना भट्ट का काव्य संग्रह यह राष्ट्रघडतर का भाग हैं| साधना बहन पुन: काव्य संग्रह हमारी सामने लाते रहे| यह काव्य संग्रह पढकर सेंकडो और भी साधना बहेनो कविता लिखे, हमे पढाए, राष्ट्रघडतर का कम आगे बताए|

अभी अभी हुई गुजरात साहित्य परिषद, सुरत के ज्ञानसत्र का प्रारंभ करने हमारी सेवाकी इलाबहन ने बताया की "कविता कोई खोजने की चीज नहीं हैं| कविता हमारे अंतर में हैं| कविता हमारी चारो तरफ हैं| कविता सर्वत्र हैं| इसी कारण से हम सब कवि हैं|"

आपका यह कविता संग्रह यही बातका पुरावा हैं|

न तो में कवि हूँ, न तो में कविता का आस्वादन करना जानती हूँ| घर में सब कविता के सर्जक और चाहक हैं| सेवा की बहेनो कविता बनाने में और गाने में हंमेशा तैयार होती हैं| यहि वातावरण के कारण में कविता से दूर नहीं रही हूँ|

अभी अभी ग्लोबल कमिशन ओन फ्यूचर ऑफ़ वर्क का रिपोर्ट बाहर आया हैं| यह रिपोर्ट बनाने में एक सदस्य के नाते में सोचती हूँ की हम सब सदस्योंने शायद सर्जनात्मक काम को (Creative Labour) – कला, कविता, संगीत, नाट्य, आदि – को न्याय नहीं दिया हैं| सर्जनात्मक काम भी काम हैं और आनेवाले कल में सर्जनात्मक काम खूब महत्वपूर्ण हैं|

आपको मेरा सादर प्रणाम|

लि

રીમા નાણાવટી

रीमा नाणावटी
सेवा.

SEWA Reception Centre, Opp. Victoria Garden, Bhadra, Ahmedabad - 380 001.
Contact : +91-79-25506441 / 444 / 477 | Fax : +91-79-25506446 | Email : mail@sewa.org | Website : www.sewa.org

१९८७ मे विवाह के बाद जब हम अहमदाबाद की विद्यानगर सोसायटी में रहने के लिये आये तो प्रायः हम एक छप्पन - सत्तावन साल के व्यक्ति को घर के सामने से गुजरते हुये देखा करते थे। वह कभी तो पाइप पीते हुये नजर आते तो कभी ४ – ५ साल की नन्ही गुड़िया को अपने कंधे पर बैठाये हुये दिखते।

कुछ समय बाद जब उनसे परिचय हुआ तो जाना वह प्रोफेसर अरूण कुमार भट्ट है। और वह दो लम्बी चोटी वाली गुड़िया उनकी बेटी सुरभि है। वह इतने सहज इतने सरल थे कि वह कब हमारे परम मित्र बन गये, आभास ही नही हुआ।

प्रत्येक घर उसके निवासियों के व्यक्तित्व का परिचायक होता है। उनके घर मे प्रवेश करते ही असीम शान्ति का अनुभव होता था। उनका ड्राइंग - रूम ढेर सारी केसेट्स, पुराने ग्रामोफोन, रिर्काड्स से सजा था। दूसरा कमरा ' मिनी लाइब्रेरी ' ही थी। सैकडो पुस्तके करीने से अलमारियों मे लगी थी। दीवारों पर कही शास्त्रीय गयिका एम. एस. सुब्बुलक्ष्मी का चित्र तो कही अली अक़्बर ख़ाँ मुस्करा रहे थे।

संगीत के के प्रति हमारी रुचि प्रोफेसर भट्ट की ही देन है। सितार पर उस्ताद विलायत खाँ और शहनाई वादक उस्ताद बिस्मिल्ला खाँ की जुगलबंदी हमने उन्हीं के घर पर सुनी। वायलन पर पंडित वी.जी.जोग एवं शहनाई पर उस्ताद बिस्मिल्ला खाँ की जुगलबंदी एवं सितार पर निखिल बैनर्जी व सरोद वादक अली अक़्बर ख़ाँ की जुगलबंदी सुनने के बाद शब्द कहीं पीछे छूट जाते है। इसीलिये प्रोफेसर भट्ट के साथ २८ साल लंबी मित्रता मे बातचीत का कुल हिसाब लगाये तो वह एक घंटे से अधिक नही होगी।

स्वभाव से शांत प्रोफेसर भट्ट का जन्म १- ७ - १९३१ मे बुरहानपुर , मध्यप्रदेश मे हुआ था। वह मितभाषी किन्तु मृदुभाषी थे। प्रारंभ से ही बालक अरूण भट्ट का रूझान आध्यात्म की ओर था। वह स्वामी शिवानन्द से इतने अधिक प्रभावित थे की चौदह वर्ष की आयु मे घर से भागकर ऋषिकेश शिवानंद आश्रम पहुँच गये। स्वामी शिवानंद जी के दर्शन मात्र से उन्हें लगा मानो प्यासी सूखी धरती पर अचानक वर्षा हो गयी हो। अपने आराध्य को इतना समीप पाकर पल-पल धन्य महसूस कर रहे थे। वहीं गुरू शिवानन्द के सानिध्य मे उन्होंने योग सीखा।

उधर घोर निराशा व चिंता मे डूबे माता- पिता ने पुलिस मे रपट लिखवाई पर बालक अरुण का कहीं अता- पता नही चल पाया। ४- ५ महिने बाद पुलिस खोजते- खोजते शिवानन्द आश्रम, ऋषिकेश पहुँची। शिवानन्द जी को तब पता चला की बालक अरुण बिना बताये घर छोड़कर आया है । वह चार बहनो का इकलौता भाई है। माता- पिता का रो- रोकर बुरा हाल है। तब उन्होंने बालक अरुण को प्रेम से समझाया " कुछ छोड़कर कुछ और पाना हमेशा तुम्हें रिक्त ही रखेगा। योग का अर्थ ही जोड़ना है।उस परम – पिता को खोजने के लिये घर छोडने की आवश्यकता नही है। अपितु अपने ही अंदर सर्वदा विद्यमान प्रभु से तार जोड़ने की आवश्यकता है। तुम जहाँ हो जिस परिस्थिति मे हो , उसे ही अपनी कर्मभूमि बनाकर अंर्तमन को परम सत्ता से जोडने का सतत प्रयास करो , यही योग है। और गुरू शिवानन्द जी ने एक कोरे कागज पर "राम" लिखा व बालक अरुण के हाथ मे थमाते हुये कहा " निराश न हो, आस रखो, विश्वास रखो गुरू सदैव तुम्हारे साथ है "। एक अमूल्य धरोहर की भांति प्रोफेसर भट्ट उस कागज के टुकडे को अंत तक सहेजकर रखते रहे।

गुरू शिवानन्द की शिक्षा का प्रोफेसर भट्ट के जीवन पर इतना गहरा असर पड़ा की वह जीवन की अंतिम घड़ी तक पूर्ण कर्मयोगी रहे। गृहस्थ में रहकर भी योग साधना मे पूर्णतः तल्लीन रहे।

घर लौटकर उन्होंने पढाई पूरी की बाद मे बंम्बई आकर कई कॉलेज मे पढाया। कुछ समय बाद बंम्बई छोडकर अहमदाबाद आ गये एवं एम. जे. कॉलेज ऑफ साईन्स एवं एल.डी. कॉलेज ऑफ आर्टस् मे अंग्रेजी के प्राध्यापक रहे।

जीवन की चुनौतियो का सामना करते करते ४४ वसंत बीत चुके थे। प्रोफेसर भट्ट अभी तक अविवाहित थे। प्रत्येक माता पिता अपने बच्चो को विवाहित देखना चाहते है। विवाह हेतु आग्रह को वह अभी तक टालते रहे थे। परंतु साधना जी से मुलाकात के बाद गृहस्थ जीवन मे ' प्रवेश न करने ' के प्रण को पूर्ण विराम लग गया।

उनमे गजब की सहनशीलता थी। उनके दोनो बच्चे भुवनेश व सुरभि कैसे भी शैतानी करे वह मुस्करा भर देते थे। ऊँची आवाज में डाँटना तो दूर की बात थी। वह अक्सर कहा करते थे अगर आप में सहनशीलता नही है तो आपको माता- पिता नही बनना चाहिये।

घर की जिम्मेदारियों को उठाने में प्रोफेसर भट्ट अब अकेले नही थे। पत्नी साधना भट्ट कंधे से कंधा मिलाकर उनके साथ चल रही थी। उन दिनो पैसे की खिचातानी तो थी। किराये के मकान में रहते थे पर जीवन अच्छा बीत रहा था।

तभी गुजरात हाऊसिंग बोर्ड की तरफ से एक स्कीम आयी जिसमें इसरो पी.आर.एल. यूनिवर्सिटी , मे कार्यरत लोगो के लिये घर बनने थे । प्रोफेसर भट्ट ने भी दस हजार रुपये बुकिंग हेतु जमा कर दिये। उसी दौरान उनके पिता बुरहानपुर मे फिसल गये व उनके कूल्हे की हड्डी टूट गयी । वह बुरहानपुर जाकर तुरंत माता – पिता को अहमदाबाद ले आये। डॉ.ने बताया " तत्काल ऑपरेशन करना पडेगा । रुपयो का इंतजाम कर लीजीये "।

स्वभाव से सदैव शांत रहने वाले प्रोफेसर भट्ट सोचने लगे "जो कुछ जमा पूँजी इकट्ठी की थी वह तो घर बनाने के लिये एडवान्स के रूप मे जमा कर दी अभी तुरन्त रुपये कहाँ से आयेगे ? कही से उधार मिलने की भी कोई संभावना नही है "।

अतः उन्होने गुजरात हाउसिंग बोर्ड मे जमा किये गये दस हजार रुपये राशि वापिस ले ली। उन्होने सोचा घर से अधिक आवश्यक पिता का इलाज हैं। इस बात को छह महीने बीत गये। पिता की स्थिति मे काफी सुधार हो चुका था। जिंन्दगी अपनी रफ्तार से चल रही थी। तभी एक दिन गुजरात हाऊसिंग बोर्ड में एकाउन्टेंट   श्रीमान रावल साहब साधना भट्ट को मिले और पूछा "आपने बुकिंग की दस हजार राशि वापिस क्यों ले ली ? वह योजना तो शीघ्र आरम्भ होने वाली है। साधना बहन तो सुनकर अवाक रह गयी पर तुरंन्त समझ गयी " यह काम सिर्फ उनके कोमल ह्रदयी पति ही कर सकते है "। अपनी आर्थिक स्थिति को देखते हुए कोई दूसरा रास्ता भी तो नही था। साधना जी के मन मे पति के प्रति और भी अधिक प्रेम और सन्मान भर आया। निर्जीव वस्तुओ को जोड़ने के फेर मे हम समबन्धो को कहीं पीछे छोड़ देते है, पर जो उस प्रभु को निरन्तर याद करते हुंये अपनी सांसारिक जिम्मेदारियों को निभाते है उसे प्रभु कैसे भूल सकते है। गीता मे श्री कृष्ण ने स्वयं कहा है

" अनन्याश्चिन्तयन्तो मां ये जनाः पर्युपासते। तेषां नित्याभियुक्तानां योगक्षेमं वहाम्यहम् ॥ "

अर्थात अनन्य भाव से मेरा चिन्तन करते हुये जो भक्त – जन मेरी उपासना करते है उनकी जो आवश्यकताऐ होती है, उन्हे मै पूरा करता हूं और जो कुछ उनके पास है, उसकी रक्षा करता हूँ।

छह महीने बाद एक बार फिर से दस- हजार रूपये एकत्रित किये गये एवं गुजरात हाऊसिंग बोर्ड मे जमा किये गये। उसी घर मे , प्रोफेसर भट्ट ने परिवार सहित अधिकतम समय बिताया।

बाह्य रूप से साधारण गृहस्थ दिखने वाले प्रोफेसर भट्ट अर्न्तमन से उस परम – सत्ता के प्रति पूर्णतः समर्पित थे इसीलिये विषम परिस्थित भी उन्हें कदापि विचलित नही कर पायी।

प्रोफेसर भट्ट की जब भी याद आती है तो अच्छी चाय, अच्छी पुस्तके व अच्छा संगीत मस्तिष्क में स्वयं आ जाते है। जीवन मे ऐसे मित्र कभी- कभी मिलते हैं जिन्हे पाकर आप गौरवान्वित महसूस करते है।

स्वामी शिवानन्द के सच्चे शिष्य, साधना बहन के ‘ बेस्ट फ्रैंन्ड’ (Mon meilleur ami) एवं मेरे पति व मेरे सच्चे मित्र , प्रोफेसर भट्ट को हमारे शत – शत नमन !

दीपा कंचन पाण्डे

ओम गणेशाय नमः

मित्रों

'तुम' शब्द पर लिखने को तो बहुत से खयाल, विचार और व्यक्तियों के बारे में लिखा जा सकता है पर मैं यहां तुम यानी मेरी आत्मीय सहेली साधना के बारे में दो शब्द कहूंगी। तुम यह संबोधन जब हम करते हैं तो किसी परिजन को जिसे हम अपना मानते हैं करीबी मानते हैं उसे संबोधित करते हैं। मेरी परम प्रिय मित्र साधना की आराधना को मैं बिल्कुल ह्रदय से सम्मान देती हूं, जिसके लिए जीवन स्वयं आराधना है जीने के लिए अपनी इच्छाओं की पूर्ति के लिए शारीरिक मानसिक वैचारिक और सामाजिक तौर पर सतत सखत परिश्रम व आराधना करने के बाद उनका नाम साधना सिद्ध हुआ है।

मेरी दोस्त तुम तो मेरे साथ रूहानी तार से जुड़ी हुई हो हमारी सभी यात्राएं साथ साथ हुई है पर तुम मुझसे हर यात्रा में आगे निकल गई हो, तुम ना होती तो शायद मेरी सांस्कृतिक संगीत की समझ अधूरी ही रह जाती।

तुम जानती नहीं साधना तुममे मुर्दे में प्राण फूंकने की महारथ हांसिल है, तुम्हारी लेखनी और तुम्हारी जीवनी ने कुदरत को, प्रेम को, मित्रता को, सौंदर्य को और शब्दों को नया आयाम दिया है।

कहा जाता है कि रिश्ते जन्म से खून से शादी से मिलते हैं, पर क्या आपको पता है एक रिश्ता दोस्ती का भी होता है जो जन्म जन्मांतर से जुड़ा हुआ होता है।

वर्ना कहां एक स्टेशन डायरेक्टर और कहां एक उद्घोषक दोनों की मित्रता कैसे संभव है,

आज से करीब 50 वर्ष पूर्व जब हम अंग्रेजी साहित्य में अनुस्नातक की पढ़ाई कर रहे थे तब अंग्रेजी साहित्य के शिक्षकों का स्नेह मिलन हुआ था तब मेरी साधना से मुलाकात हुई थी और फिर आंखों ही आंखों में दोस्ती के तार जुड़े थे, फिर 1974 में आकाशवाणी में मैं उद्घोषक की हैसियत से कार्यरत थी फिर

कभी कभार यूं ही मिल जाते थे हम दोनों, लेकिन 1980 में जब मैंने साधना को आकाशवाणी में देखा सोचा कोई वार्तालाप देने आई होंगी तो पता चला कि वह तो कार्यक्रम अधिकारी की नियुक्ति पाकर आई है, फिर दोस्ती की परत पर चढ़ी हुई धूल को झाड़ कर फूंक कर दोस्ती की लौ फिर जीवित हो गई, जो आज तक भी चली है, हमारे दोनों के बच्चे साथ साथ बड़े हुए दोनों के मिलकर कई अच्छे कार्यक्रम किए साधना ने मुझे प्रोत्साहित भी किया सोचा कोई वार्तालाप देने आई होंगी तो कोई वार्तालाप देने आई होंगी तो पता चला कि वह तो कार्यक्रम अधिकारी की नियुक्ति पाकर आई है फिर दोस्ती की परत पर चढ़ी धूल को झाड़ कर फूंक कर दोस्ती की लो फिर जीवित हो गई जो आज तक भी चली है हमारे दोनों के बच्चे साथ साथ बड़े हुए दोनों ने मिलकर कई अच्छे कार्यक्रम दिए, साधना ने मुझे प्रोत्साहित भी किया जरूरत पड़ने पर अधिकारी के तौर पर दो कड़वे शब्द भी कहे होंगे पर हमारी दोस्ती में कभी दरार तक नहीं आई।

हम दोनों की दोस्ती की इनिंग, पारी अभी तक चल रही है उसका एक कारण है कि हम दोनों के पति यानी श्री अरुण भट्ट एवं राजेंद्र जानी एक ही प्रोफेशन में थे और दोनों में भी अच्छी बनती थी, दोस्ती के ये धागे और भी मजबूत होते गए जब हमारे बच्चों की भी दोस्ती आपस में होने लगी।

यूं तो श्री भट्ट साहब मितभाषी थे परंतु मैं तो उनसे बुलवाकर ही रहती बिना रिश्ते की साली जो ठहरी फिर तो भट्ट साहब भी कभी हांडवा कभी मेथी के लड्डू और कभी कोई खाने की चीज की फरमाइश कर देते मैं खुशी-खुशी ले आती, भट्ट साहब मुझे प्यार से तुम कह कर बुलाते थे वो वाला तुम जो करीबी लोगों के लिए संबोधित किया जाता है।

मैं साधना भट्ट को हृदय से शुभेच्छाएँ देती हूं कि उनकी कलम यूं ही चलती रहे साथ में उनके पास जो संगीत की धरोहर है समझ है वह पनपती रहे, साहित्य की मानवीय संवेदनाओं की बारीकियों को अपनी कलम से निखारती रहें,

यही मेरी अभ्यर्थना।

मेधाविनी जानी

Managing Trustee
Dr. Monica Hiten Shah
B.Com., Ph.D. in Music, Surmani

आदरणीय साधनाबहन,

आपको मेरा प्रणाम और मेरे दोनो गुरुजी पद्मविभूषण डॉ. गिरीजा देवी एवम् सुरमणि डॉ. प्रदिप्ता गांगुली की शुभ कामनायें।

माननीय साधना बहन के साथ मेरी यादें बेजोड़ एवम् अनोखी रही है। मैंने दस सालकी उम्र से रेडियो पर गाना शुरु किया। पहले बाल गीत, उसके बाद युववाणी में। उसके बाद १९९६ में मुझे शास्त्रीय संगीत में सीधा B हाई ग्रेड मिला तब उसके साथ मेरा एक यादगार प्रसंग बना। ग्रेडेशन के बाद मेरी आकाशवाणी में प्रथम रेकॉर्डिंग थी और इस समय साधनाबहन अहमदाबाद आकाशवाणी में कार्यरत थी। अचानक वे रेकॉर्डिंग रूममें आयी और बोले "ये कौन लडकी गा रही है?" रेकॉर्डिस्ट ने कहा, "अहमदाबाद में डॉ. प्रदिप्ता गांगुली की शिष्या है। और पं. रसिकलाल अंधारिया एवम् उस्ताद अमीरखाँ साहब के गायन की परंपरा अनुसार गायन की तालीम ले रही है। उन्होने पूरा रेकॉर्डिंग सुना। वे बहुत प्रभावित हुई और हमारी मुलाकात का सिलसिला शुरु हुआ। उन्होंने मुझे आकाशवाणी के रेकॉर्डिंग में कई बार बुलाया। रह।

ASA
Aradhana Sangeet Academy

Managing Trustee
Dr. Monica Hiten Shah
B.Com., Ph.D. in Music, Surmani

7, S. M. Compound,
Near Punjab National Bank,
Satellite Road, Ahmedabad - 380 015
Phone : +91-79-26302142, 26304735 Mobile : +91 9898069350
E.mail : drmonicashah@yahoo.com, drmonicashah@gmail.com
Website : www.aradhanasangeetacademy.com

कई बार उनके घर में संगीत रसिकगण के साथ गोष्ठी करने का आनंद भी मुझे मिला। और सभा में गायन प्रस्तुति का मौका भी मिला।

२०१३ में, जग विख्यात ठुमरी गायिका पद्मविभूषण डॉ. गिरिजा देवीने पूरे गुजरात में से मुझे एकमात्र शिष्या बनाया ये मेरा अहो भाग्य! उनकी बनारस घराना की गायकी एवम् ठुमरी, चैती, कजरी, दादरा, होरी पर प्रभुत्व प्राप्त करने का मुझे सौभाग्य संपन्न हुआ।

इस तरह दोनों गुरुजी के आशीर्वाद और आज्ञा से मैंने "संगीत आराधना" भाग १ से ७ पुस्तिकाएँ लिखी। इसमें संगीत का प्रारंभिक से विशारद (B.A in Music) एवम् संगीत अलंकार (M.A. in Music) का कोर्स गुजराती और अंग्रेजी में संपादित है। ये आज की पीढ़ी और आने वाली पीढ़ी को जरूर ही उपयोगी रहेगा। मैं ये जरूर कहूंगी की प्रिय साधना बहनने "संगीत आराधना" भाग-७ में थीयरी विभाग का गुजराती में से अंग्रेजी में योग्य अनुरूप स्वरूप में अनुवाद किया है। मैं उनकी बहुत आभारी हूँ।

२००१ में मैंने जबसे आराधना संगीत अकादमी स्थापना की है तबसे आज तक साधना बहन की ओर

ASA **Aradhana Sangeet Academy**

Managing Trustee
Dr. Monica Hiten Shah
B.Com., Ph.D. in Music, Surmani

7, S. M. Compound,
Near Punjab National Bank,
Satellite Road, Ahmedabad - 380 015
Phone : +91-79-26302142, 26304735 Mobile : +91 9898069350
E.mail : drmonicashah@yahoo.com, drmonicashah@gmail.com
Website : www.aradhanasangeetacademy.com

अकादमी पर विशेष कृपा रही है। आज आराधना संगीत अकादमी में २०० से ज्यादा विद्यार्थी संगीत को शिस्तबद्ध तालीम ले रहे हैं। समाज में शुद्ध युवावर्ग प्रस्थापित करने के लिये अकादमी साल में तीन म्युझीक फेस्टीवल करती है। जिसमें गुजरात, भारत और विदेश से ग्रेडेड एवम् घरानेदार कलाकार को आमंत्रित किया जाता है। और आराधना लिसनर्स क्लब के श्रोता और आराधना अकादमी के विद्यार्थी के सामने बहुत प्रेम से अपनी कला प्रस्तुत करते हैं। आजतक कुल २४ फेस्टीवल में २८५ कलाकार आ चुके हैं। साधना बहन मेरी हर प्रगति की साक्षी रही है। चाहे मुझे सूरमणि एवोर्ड मिला हो, गुजरात गौरव पुरस्कार, संगीत शिरोमणी, GCCI, उद्गम एवोर्ड जैसे अनेक एवोर्ड से पुरस्कृत किया हो।

मेरे संगीत में आदरणीय साधना बहन ने अपने ज्ञान और साधना का रंग भरा है, वो अनमोल और अमूल्य है। मैं उनकी कृतज्ञ हूं। मैं उनके स्वस्थ स्वास्थ्य एवम् दीर्घ आयु की प्रभु से प्रार्थना करती हूं।

डॉ. मोनिका शाह (सूरमणि)
शास्त्रीय और उपशास्त्रीय गायिका

I have known Sadhana since the time I got married into their family in Ajmer, Rajasthan to her father's youngest sister. She was just seven years old then. Since, she was very much attached to my wife Madhuri, she was always in touch with us. I saw her grow from her school days to her college days. After completing her B.Sc. in the year 1975 when she saw her father's sad demise, she switched over to Arts and completed her M.A. (English Lit.) under the able guidance of Prof. Arun Kumar Bhatt., who was attached to the Ahmedabad University.

Later, she married Prof. Arun Bhatt and lived in Ahmedabad since then. Unfortunately Prof. Bhatt passed away in 2016 Sadhana had a brilliant career with A.I.R. mostly in Ahmedabad, later in Mumbai, and retired as Station Director till some time ago.

During her career she has had the opportunity of interviewing many well known leaders from various areas of the society e.g. His Holiness The Dalai Lama, Dr. Nelson Mandela and many other luminaries of Indian and India origin.

My wife and me were never aware of her attachment to English & Hindi poetry. She published a book of Hindi poems some time ago, which was well received.

She has now, written this little book of English Poetry dedicated to her husband Prof. Arun Bhatt. I read the manuscript again and again. I is beautiful and sublime. In spite of her handicaps, she is supremely active and stays in India as well as U.S.A., where her son and daughter are well settled.

I wish Sadhana a great future in the time to come.

Mr. G. Banerjee

ડૉ. જયરાજ કે. પંડ્યા
ડાયરેક્ટર, કે. એસ. સ્કૂલ ઓફ
બિઝનેસ મેનેજમેન્ટ,
ગુજરાત યુનિ.

સાધનાબેન વિશે : મારા બે શબ્દ

સાધનાબેન, લટૂ સાહેબ, લાલુ અને નાનકુ – એક મજાના કુટુંબ સાથે વર્ષોથી મારે નાતો રહ્યો છે. જેનો ટૂંકમાં ઉલ્લેખ કરું તો લટૂ સાહેબ પાસેથી મને મારા અંગ્રેજીના ડાઉટમાં પાયાની સમજ મળી અને સી.એન. – એક ગુજરાતી મીડિયમની સ્કૂલમાં અંગ્રેજી ભાષાની મારી શરૂઆતની સ્પીચ તેમણે જ લખાવેલી. ઓછું બોલે, સંગીતનું-ગીતનું ગુંજન કરતા જાય અને વાત કરતા જાય. તો વળી, લાલુ મારી પાસે ૧૨માં ધોરણમાં ભણવા આવે એકાઉન્ટ્સ અને હું બીજા કામમાં હોઉં તો એક દિશામાં એ નજર રાખીને કોઈએ સ્ટેચ્યુ કહ્યું હોય એમ સ્થિર થઈને બેસી રહે, મિનિટો સુધી – ૯૦ કહી ત્યારે જ હલે. અને જો હું અને લાલુ સાથે ચાલતાં જઈએ તો મારે એની સાથે દોડવું જ પડે અને નાનકુ તો મારા વાઈફને કહે તમારા હસબંડ તો બહુ ફની છે, વેરી લવેબલ ગર્લ અને હવે સાધનાબહેનની વાત – ઓલ ઈંડિયા રેડિયો સાથે મેં ઘણા પ્રોગ્રામ કર્યા છે – પ્રોગ્રામ કરવા માટે પૂરતી ફ્રીડમ, અને એકદમ ફીડબેક સાધનાબહેન આપતા અને મને ક્રિએટીવ બનાવવામાં તેમનો ફાળો હું ક્યારેય ભૂલી શકું તેમ નથી.

હવે જો સાધનાબહેનની કવિતા પર વાત કરું તો એમ કહેવાય કે એમની કવિતામાં નિર્મળતા છે, અને સરળતા પણ. કવિતા જેને આધારે જન્મે છે તે લાગણી હોય છે. એમના બધા શબ્દો એ લાગણીમાંથી જ ટપક્યા કર્યા છે. જ્યાં ક્યાંક વિરહ છે, તો ક્યાંક આશા અને ખુશી, ને ક્યાંક ધોધમાર વરસતો પ્રેમ. એમ લાગે છે કે અવાજના પ્રસાર માધ્યમે છપાયેલા શબ્દોના માધ્યમમાં પરકાયા પ્રવેશ કરી લીધો ના હોય એમ ભર ઉનાળે ઠેર ઠેર કવિતાના ઝરણા ફૂટી નીકળ્યા હોય એમ લાગે છે. વધુ કવિતાના ઝરણાં ફૂટી નીકળે અને તબિયત સરસ રહે તેવી શુભેચ્છા મને ગમેલી ઝરણાની બે લીટી જેને તમે પહેલું કહેલું છે.

जिंदगी खुबसुरत थी हमारी, हर किस्म का रंग था भरा,
काले बादल होने हुए भी, रोशनी कहीं से फुट रही थी ॥

My dad, Arun Kumar Bhatt, was an introvert, a low-key individual, an intellectual, a very well read person who retained his humility. He was an early morning person: he would wake up naturally around 4:30am, make his tea and go for a run, whether he was in Ahmedabad or in Champaign, Illinois, where I lived for over a decade. Whenever he heard I was leaving the hospital, he would often fly over from India to stay with me. He would not make me run with him, cook with him or anything, but I appreciated his quiet support during my recovery. He didn't need to know anything about my illness in order to support me. With his open-mindedness and love of reading and music, he has inspired me to follow in his footsteps. He was religious, reciting mantras during his yoga and in his evening prayers, but not in the way many in India are religious. He believed in God but was open to critiques of religion. While I have not followed every one of his interests, such as running and yoga, his spirit lives on.

- Bhuvnesh Bhatt

Contents

तुम

01. तुम धूप में, तुम चाँदनी में

तुम धूप में, तुम चाँदनी में
तुम धनक में, तुम रागिनी में।

तुम्हारा दिल दिल से मिल गया और
तुम चिराग बनकर आये जिन्दगी में।

तुम्हारे नामका सिन्दूर, भर लिया है अपनी माँग में
तुम्हारे स्पर्श का चन्दन, सजा लिया है तन के आकाश में।

तुम्हारे आने से खिल गई हैं, चारों ओर चाँदनी
तुम्हारे ठहर जाने की चाह में, समय सीमा रुकने लगी है।

तुम्हारी खुशबू से महक रहा है मेरा चमन
तुम्हारे ख़्वाब को छुपाया है, सीप में मोती सा दिल में।

02. गुलमहोर की छाँव, पुराने महल की वाव

गुलमहोर की छाँव, पुराने महल की वाव,
बागान फूलों के, उड़ते तितलियों का गाँव ।

जुगनू मुझसे खेल रही हैं आँख मिचौली
धनक की सतरंगो से बन गई है मेरी रंगोली ।

ओस की उन नन्हीं बूँदों को पैरों में लपेटते चले
तुम्हारी उन नर्म नज़रो के सहारे जिन्दगी जीते चले ।

तुम मुझे फिर से मिल जाओ, है ये दुआ मेरी
तुम चाहत बनकर फिर आओ, है ये सदा मेरी ।

तुम मुझे बेशुमार चाहते थे ये पता है मुझे
तुम मुझसे बिछुडना नही चाहते थे, ये पता है मुझे ।

03. काँच के टुकड़ो की तरह

काँच के टुकड़ो की तरह, रोज चूर चूर बिखर रही हूँ
जबसे टूटा अपना, बन्धन, रोज़ रोज़ मर रही हूँ।

आँधी तूफान की जोरों की तरह, रोज़ तुम्हारी यादों के सैलाब
मुझे आकर झकझोर जाते हैं।

साँसें खो गई हैं किसी आहों में किससे फरियाद करूँ?
मैं रो रही हूँ जाने किन बादलों की आड में, किससे फरियाद करूँ?

आँसू हर पल छलकते रहे बैरन बारिश की तरह
मोतियों की बाढ रोक न सकी, ग़मगीन नज़ारों की तरह।

याद तुम्हारी दिन रात आती रहीं, फिर मौजो को लेकर
मेरी आँखे बुझ सी गईं, दिये की लौ सा जलकर

हर रोज़ में अपना हिसाब करती हूँ,
और खुद को ही खोया हुआ पाती हूँ॥

०४. तुम ज़िन्दगी में ऐसे आये

तुम ज़िन्दगी में ऐसे आये, ख्वाब हक़ीकत बन गये
तुम ज़िन्दगी में ऐसे आये, चाँद की, खूबसूरती नज़ारों मे छिटक गये

छलक छलक के प्रेम की धारा ने हमारे लिए बिछाये गालीचे,
चमक चमक के सिमटी सी धूप, हमारे लिए खोले दरीचे ।

तुम्हारे संग चली हूँ मैं कश्ती में, मंजिल तक जाने के लिए
सहारे बाक़ी छोड चली हूँ मैं, तूफानों से टकराने के लिए ।

तुम्हारे साथ रहेने का मैंने चुन लिया है बहाना बेशुमार
तुम्हारे साथ जीने के लिए, मैंने चुन लिया है सिर्फ प्यार

तुमसे अलग होके भी मैं, तुमसे अलग हो न पाई
बूँद से बादल का अटूट रिश्ता, तुम कैसे भुला पाये?

05. आँखें भर आती हैं दिल

आँखें भर आती हैं दिल बेकाबू हुआ जाता है,
नींद खो गई है, इन्तज़ार बढता जाता है।

सपने खींच कर ले जाती हैं, जब हालात ग़मगीन होते हैं,
चोट लगती है दिल को, जब हालात उदासीन होते है।

तुम्हारे गीतों को सुनकर ही तों मैं सो पाती हूँ,
तुम्हारे ख्वाबों को संजोकर ही तो मैं जी पाती हूँ।

तुम्हारी कविताओं को पढकर ही, मैंने जीवन को पहचाना
तुम्हारी शांत संवेदना के अनुभव से ही मैंने दुनिया को जाना।

हमारे रास्ते कभी रूके नहीं मंजिलो को पाने के लिए,
हमारी ख्वाहिशे कभी झुकी नहीं हकीक़त को जीने के लिए।

06. न जिस दिन मैं तुम्हारी यादों को बटोरती हूँ

न जिस दिन मैं तुम्हारी यादों को बटोरती हूँ
न दिन गुज़रता है न ही रात होती है।

हर दिन हर रात बैरन बन गई मेरी साँसे
सूख गई है चैन की नदियाँ बरकत बन गईं मेरी आहें।

ग़म की बाढ़ आई, तो किनारे को छोड़ नदी बह निकली
तकलीफों के समुंदर में, तुम्हारे प्यार की कश्ती ने जाँ बचाई।

दर्द बढ़ता हुआ मंज़िलों को काटती रही, तूफान बनकर
सिसकियाँ सिमट गई, कोलहल में, रोकती रही एक चुप्पी बनकर।

होगा हमारा मिलना कहीं तो इतना एतबार है
आँखों को इन्तज़ार हरदम है, दिल बेक़रार है।

07. इस दिल में क्या छुपाकर रखुँ सिवाय तुम्हारे दर्द के

इस दिल में क्या छुपाकर रखुँ सिवाय तुम्हारे दर्द के
दिल को छोड़कर कैसे मैं जीऊँ, सिवाय तुम्हारे दर्द के

दूर मुझसे अगर हुए हो तुम
याद बनकर ख्वाबों को सजाते नहीं क्यूँ?

तुम हर पल मेरे ही आसपास रहते हो
तो फिर तुमसे ये दूरी का एहसास क्यूँ?

तुम चाँद रज़ाई ओढकर सो गये हो
तो फिर तुम रात को रोकते नहीं क्यूँ?

सपनों की झुरमुटों से तुम पुकारा करते हो
तो फिर तुम इस कोहरे को हटाते नहीं क्यूँ?

08. तितलियाँ जाने कहाँ खो गई

तितलियाँ जाने कहाँ खो गई, परीयाँ जाने कहाँ उड़ गई
चारों तरफ धुँआ ये कैसा फैला है, बादल जाने कहाँ उड गये।

हर एक दिन जीना तुम्हारे बिन, नहीं है गंवारा मुझे
दिनों दिन, आसमां ज़मीन की तरह, रहना है मेरे संग तुम्हें।

हम दोनों के बीच फूलों के बगीचे, सतरंगी इन्द्र धनुष था
क्या हमें इन्हीं के बीच आकर एक दूसरे से मिलना था?

जब हम मिले तो तकदीर के मोड़ बदल गये
जब हम साथ चले तो दुनिया के तरीके ही बदल गये।

उन खूबसूरत दिनों के नज़ारो का मौसम, कहाँ खो गया?
जो जिन्दगी थी तुम्हारी तमन्नाओं का हर पल, कहाँ खो गया?

0९. तुम मुझे हवाओं की तरह हर पल छूकर गुज़रो

तुम मुझे हवाओं की तरह हर पल छूकर गुज़रो
तुम मुझे पीपल के झुरमुट में रोज़ आकर मिलो ।

तुमसे बिछड़कर गम के मारे मैंने यूँ दिनरात गुजारे
तन्हाईयों को ओढ़कर मैं ढूँढती रही तुम्हारे सहारे ।

तुम ही ताना तुम ही बाना, मेरा सब कुछ तुम, सिर्फ तुम
तुम ही तो आये हो चुपके से, मेरी बगियन में, सिर्फ तुम ।

बोझ जिन्दगी का हमने काटा, एक दूजे के सहारे से
जिन्दगी के अग्निपथ को काटा, एक दूसरे के सहारे से ।

जबतक ये जहाँ गुलज़ार रहेगा, तुम रहोगे साथ मेरे
जबतक आसमां सितारे रहेंगे, तुम रहोगे साथ मेरे ।

10. तुम्हारा दर्द मेरे कानों में चीखता रहा हैं

तुम्हारा दर्द मेरे कानों में चीखता रहा है
तुम्हारी खामोशी दर्द बनकर कुरेदता रहा है

छोटी छोटी खुशियों के लम्हें के बीच के कँटीले रास्ते
तुम मुझे इतना तो बताओं, मुझे छोड़कर तुम क्यूँ चले गये?

तुम्हारे साथ बिताये हुए पल क्यूँ छिन गये मुझसे?
तुम्हारे साथ बिताये दिलकश नज़ारे क्यूँ छिन गये मुझसे?

तुम्हें खोकर मेरे अन्दर एक तूफान सा भर गया है
तूफान जो अन्दर है बाहर निकल क्यूँ नहीं पाता है?

ज़िन्दगी का फैंसला मैंने नहीं किया, उसने तो सुना दिया
आग छुपाकर सीने में रख लिया मैंने, कायनातने उसे जला दिया।

11. तुम ही हो मेरी पहली दुआ

तुम ही हो मेरी पहली दुआ
तुम ही मेरे पहेले ख्वाब हो

तुम्हारे साथ रहती थी खुशियाँ इन चार दीवारों में
तुम्हारे साथ था सागर, पतवार और कश्तियाँ भरोसा था मुझको

धूप, कड़कती दोपहर में तुम थे मेरे साथ छाँव बनकर,
मासूम मेरे हरकतों को तुम झेलते थे आभ बनकर।

सफर जो साथ हमने गुज़ारा क्यूँ, हमें साथ नहीं जाना था?
आँखो में जो तुम्हारा कारवाँ था, वो साथ क्यूँ न चला?

छूना चाहती हूँ उड़ते बादलों को, बातें जो तुमसे करनी है
छुपना चाहती हूँ उन फूलों में, छुपकर तुम्हें जो ढूँढना है।

12. साथ चले हम, तूफान, दरिया से टकराते हुए

साथ चले हम, तूफान, दरिया से टकराते हुए
चिनगारियाँ जो हमारे लिए थी, तारे से दिखने लगीं।

फकीरी में हमें पाने की कोई चाह नहीं थी,
लम्हों में हमें जीने की, साथ होने की जो चाह थी।

प्यार हमने बेइन्तिहा किया वादों की कभी जरूरत न थी,
जो काम हमने किया, सच किया, झूठ के सहारो की ज़रूरत न थी।

खिलती सुबहों से, ढलती शामों से, हमने एक दूसरे को माँगा,
घिरते बादलो से, बहते झरनो ने, हमने एक दूसरे को माँगा।

वसन्त ऋतु की बहारों में घिरे ये हम हरदम,
सावन ऋतु को बौछारों में भीगे ये हम हरदम।

13. तुम्हें छोड़ते हुए दिल डूब गया, न जाने कब उबर पायेगा

तुम्हें छोड़ते हुए दिल डूब गया, न जाने कब उबर पायेगा,
मेरी ज़िन्दगी धीमी हो चली है, न जाने कब रूक जायेगी ?

खुदा को इख़त्यार ही कहाँ रहा उसके बन्दों पर,
बर्दाशत की इन्तेहाँ हो रही है हर जगह जगह पर ।

ये कैसा ख़्वाब ये कैसा अहसास मुझे घेरे हुए है,
तुम ही तुम, छाये हो मेरे जहाँ में, ऐसा लगता है ।

घर की दहलीज़ को लांघना आसान है, मन की दहलीज को नहीं,
साथ जीने का अरमान को संजोना आसान है, पर मुमकिन नहीं ।

समय का तक़ाज़ा ही है कि हम साथ साथ चलें,
ऐसा मासूम रिश्ता जो हमारे बीच है कभी न टूटे ।

14. मौत को पुरजोश पीछे धकेलते रहे, जीने की ख्वाहिश में

मौत को पुरजोश पीछे धकेलते रहे, जीने की ख्वाहिश में,
हम साथ साथ पत्थरों से टकारते रहे, जीने की शिद्दत में

रंग उड़ने लगे मन की दीवारों से ज़ख्म हँसने लगे दिल की दरारों से,
उजड़े हुए बेरगी शहर से, खुशियाँ क्यूँ रूठकर जाने लगे ?

तुम्हारे इन्तज़ार के पल, अब नहीं काटे जाते मुझसे,
ऐसा क्या हो गया कि तुम छुप गये मुझसे?

दिल टूट-जाने की आहट तुमने सुनी होगी
तुम्हारे रगों में भी मेरी मुहब्बत बही होगी

खामोशियों में मेरी, धड़कने तुम्हारी सुनाई देने लगी
तारों के शामियाने में सपने सुहाने दिखाने लगीं।

15. तुमसे हर पल पल में बहार थी, तुम्हारे बिन हर पल सिर्फ़ खिज़ा

तुमसे हर पल पल में बहार थी, तुम्हारे बिन हर पल सिर्फ़ खिज़ा
तुम्हीं मेरे जीने का मकसद थे, वो ही आज मुझसे छिन गया।

तुम्हारे प्यार से बढ़कर दुनिया में, कोई सहारा न था
अब, मैं वो गिरती हुई दीवार हूँ जिसको कोई सहारा नहीं।

दिल मेरा तोड़कर तुम चले जो गये, सही नहीं है,
बेसहारा छोड़कर तुम चले जो गये, सही नहीं है।

बिना शिकन के तुमने मुझ पर इतना बड़ा एहसान किया,
दुनिया के सब हदों को तोड़कर मुझे तुमने अपना लिया।

इस ज़मीं से फलक तक के दरमियान सिर्फ़ तुम्हीं हो,
तुम्हारे साये में जो धुल मिल जाते हैं तुम वही हो।

16. न जाने कौनसी दुनिया है, ए खुदा मेरे

न जाने कौनसी दुनिया है, ए खुदा मेरे
जहाँ से लौट के तुम्हारी सदा नहीं आती।

दर्द से टूटती है मेरी साँसे, ज़ख्म दिल का सिया नहीं जाता
तुम्हारी यादों के मेले में, अपने को हरदम खोजती रहती हूँ

याद में तुम्हारी मैने हर पल की छुअन को सराहा है,
दिल तो दरिया में छुपा है यादों के मोतियों का वो सहर।

न कहीं सुकून है, न कहीं करार है, जाते हुए हर पलों में,
कलियों में भी उगने लगे है काँटें, आती हुई बहारों में।

कम से कम इतना तो कहा होता, चलो साथ चलते हैं,
कहकर तो देखते हम तुम्हारे साथ चलते चले जाते।

17. तुम्हारे पास प्यार की वो दौलत है

तुम्हारे पास प्यार की वो दौलत है
सामने दुनिया की दौलतें फीकी हैं।

तुम्हारी सादगी और सच्चाई छुपायें नहीं छुपती,
तुम्हारे चाय और पाइप की खुशबू छूती है हरपल मुझे।

बहारें सजाई मेरी वीरान सी ज़िन्दगी में तुमने,
खुशियों के तरन्नुम बिखेरे मेरी वीरान सी ज़िन्दगी में तुमने।

तुम जन्नत, तुम चाहत, तुम बरक़त तुम्हीं राहत,
तुम्हारे बिना, हर मौसम सूखा, हर रात का चाँद सूना।

सिर्फ़ तुम्हारा ही बसेरा है ख्यालों में मेरे
तुम्हारे बिना ये दिल चैन नहीं पाता कहीं भी।

18. जब कभी तुम किताबों में खोते थे

जब कभी तुम किताबों में खोते थे,
तब उन्हीं किताबों में मैं तलाशती थी तुम्हें

जब कभी मैं तन्हाईयों में खोती थी,
गीतों के सुरों को मेरे भीतर बिखेरते थे तुम

जब कभी दुनिया की चोट से मैं गिरती,
सच्चाई की गहराईयों को मुझे दिखाते थे तुम।

जब कभी तुम्हारी नज़र नम होती थीं,
शेक्सपियर के नाटको का सिलसिला शुरू करती मैं।

जब कभी तुम्हारी आँखों में आँसू भर आते,
न जाने क्यूँ आँखें मेरी मूसलाधार उमड़ पडतीं।

19. कहीं न लागे मन, कैसा है ये सूनापन

कहीं न लागे मन, कैसा है ये सूनापन
गीतों के वो सुरीले धुन, कहाँ चले गये मेरे मन

तुम मेरे ख़्वाबों में आकर चलने लगे हो,
तुम मेरी साँसो में आकर धुलने लगे हो।

रास्ता तुम्हीं हो, रहनुमा तुम्हीं हो, हमसफर तुम्हीं हो,
जिसकी ख़्वाहिश थी मुझे, वो पनाह तुम्हीं हो।

कैसे मैं बताऊँ वो ढ़ेर सारी बातें जो मुझे छू गईं,
कैसे में बताऊँ कि तुम्ही मेरी जीने की बजह हो, तुम्हीं मेरी रूह हो।

तुम्हें झिलमिलाते सितारों में खोजा, ढूँढा बहारों के फूलों में,
तुम्हें नदियों के कलकल में ढूँढा, और न जाने कितने झरनो में।

20. चाँद, तारे, फूल, हवा, बादल सबको पता था

चाँद, तारे, फूल, हवा, बादल सबको पता था,
हमारे दिल से निकला हुआ सच जो वह था।

जब भी तुम कहते थे, समझना मुश्किल होता था,
जब तुम्हारी आँखें कहती थी, समझना कितना आसान था।

तुम्हें पाकर मेरी सारी उम्मीदें पूरी हुईं,
तुम्हें पाकर बेशुमार खुशियाँ हासिल हुईं।

तुम्हारें आँखों की गहराई में क्या कुछ नहीं छिपा था,
नज़ारो की सारी खुशियाँ इन्हीं में तो छिपी थी।

मुझे सदियों से इन्तज़ार था सिर्फ तुम्हारा,
वो सारी सदियाँ सिमट गईं, जब तुम मिले।

21. मैं जहाँ कहीं भी रहूँ तुम्हारी याद सताती है

मैं जहाँ कहीं भी रहूँ तुम्हारी याद सताती है,
तुम्हारी यादों का जुनून ही अब है मेरी सूनी दुनिया ।

तुम्हीं मेरी लब और दुआ बनकर मेरे साथ जुड़े हो,
तुमसे मिलने को जुस्तजू ने मुझे क्यूँ समय से बाँध दिया है ।

एक दूसरी जन्नत में मुलाकात के सपने संजोये हैं,
वो सपना जल्द सच हो ये ही आरज़ू लिए हूँ मैं कबसे ।

तुम ही तो हर पल बसे हो, लम्हों की इन जंजीरों में,
तुम ही तो पल सजायें हो, धुंधली सी उन तसवीरों में ।

तुम पुकारो मुझे फूलों और धनक के नाम से,
देखो मैं तुम तक ज़रुर आ पाऊँगी कोई वजह बनकर ।

22. मिट्टी में उड़ जाना, रे भाई, माटी में मिल जाना है

मिट्टी में उड़ जाना, रे भाई, माटी में मिल जाना है
जीतेजी एक खुला आसमां, ज़मी का टुकड़ा पाना है।

बिना ग़म को अलविदा कर, हर पल छोटी खुशियों को अपनाया
कितने शफ़क कितनी बारिशों में भीगकर खुशियों को पहचाना रे।

असली हीरे की परख एक जोहरी को ही होती है
मिट्टी से तराशा वो हीरा रब ने मेरी झोली में दिया रे।

आँसु दिल के सीने में, कभी आँखों के कोने में छीपे रहते हैं
जब दिल में ग़ुबार उमड़ता है, चुपके से पलकों पर आके बैठे रे।

चीर के शजरों झांकते हुए तुम्हारा निगार कहीं दिखता है
फुतुरी रंगों के आइने में झाँकते झील की तसवीर कहीं बोलती रे।

23. खुदा ने जन्नत बनाया, आदमी ने दोज़ख बना दिया

खुदा ने जन्नत बनाया, आदमी ने दोज़ख बना दिया,
बुराईओं को दफनाना चाहा, लौ बनाकर उसे जला दिया।

ज़हन के दरवाज़े खिड़कियों को बन्द कर दिये जब,
रूहानी सोच ने मायूसी में, चार दीवारी में खुदकुशी करली।

ज़ज्बातों की हवाओं को, सदिओं को, रिबायतो को कौन बाँट पाया है?
ख्यालों के शहरों को, तुरबतों को, मज़ारों को कौन बचा पाया है?

सादापन मासूमियत एहदीयात रब ने दी है हमको
ग़ुमान फरेबी को पाकर बेहतरीन तोहफोंने छोड़ा हमको।

प्यार मौसिकी के गहरे समंदर में से, कुछ ही बूँदें, तनवीर हैं,
बन में, बागान में फूलों के शामियानों के लुत्फ, नज़रो में गिरफ्त है।

24. ज़िन्दगी मौत के बीच मैं दहलीज़ पर टिकी हूँ

ज़िन्दगी मौत के बीच मैं दहलीज़ पर टिकी हूँ,
बार बार दिल को मनाने पर भी मना नहीं पाती हूँ।

जाने कब बादल फटा और मूसलधार बारिश हुई,
मुझे क्या मालूम था कि मेरा ही घर वो ले डूबेगा।

वो दर्द छुपा है जिसे न सह सकूँ, न कह पाऊँ
मिलेगा चैन अब मुझे जान से गुज़रते हुए।

सब्र में, सिलसिले यादों के, सदियों से लम्बे हैं,
तुम्हारे दर्द का पल मेरे ज़हन की गहराईयों में ढ़ले हैं।

इल्म है, मुझे अपनों को खोने का ग़म,
तुम्हें खोने के दर्द ने तो मुझे चीरकर ही रख दिया है।

25. सबसे अलग अपनी ज़मीं, जुदा था आसमां

सबसे अलग अपनी ज़मीं, जुदा था आसमां,
सबसे अलग हमारे रंग, थे हमारे अरमां।

तुम्हारे साथ, मेरे जीने का अधिकार बन गया,
तुम्हारे ग़म को सीने में उतारने का अधिकार पा लिया।

तुमने मुझे हर अधिकार, खुशी से दिया,
खुशियों का वो हर एक लम्हा पिरोया मेरी ज़िन्दगी में।

शर्तों की बुनियाद पर प्यार और विश्वास नहीं टिकता,
टिकती है वह ईमानदारी के उसूलों पर, शक पर नहीं।

यक़ीन तुम पर इतना था कि खोजने की ज़रूरत नहीं थी,
आँखे बन्द करके भी तुम पर मैं ऐतबार कर सकती थी।

26. नजरों ने जब तुम्हें देखा, जन्नत सी महकी फ़िज़ा

नजरों ने जब तुम्हें देखा, जन्नत सी महकी फ़िज़ा,
हाथो ने जब मेरा हाथ थामा, आसमां से बरसीं दुआ।

खिल गई मेरी किस्मत, पाकर तुम्हारी पाक़ चाहत को,
दास्तां बुनी हमारी क़िस्मत ने, पाक़ हमारे इरादों पर।

आशियाँ अपना-बनाया, हमने ख्वाबों के छाँव में,
मुस्कुराते पल बिछा दिये, हमने ज़िन्दगी की राहों में।

यकीन है मुझे, हमारी मर्ज़ी खुदा की मर्ज़ी नहीं होती,
फिर भी क्यूँ खुदा पर आस टिकाये बैठी रहती।

दिन तो यूँ कट जाते हैं पर रात नहीं ढलती तारों में
चुभती रहेती है काँटो सी, ये जाविद दूरियाँ, नहीं सिमटती।

27. क्या मक़सद हो सकता है यूँ ही जिये जाने का?

क्या मक़सद हो सकता है यूँ ही जिये जाने का?
जब सभी मंजिलो का कारवाँ तुम लेकर चल दिये।

गेसुओं सी काली रतियाँ, साँवली सी मेरी सासें
बावरी सी प्रीत मेरी अब चैन कैसे खोज पाये?
कैसा है ये जुनून, सर पे चढ़कर बोलता है,
सपनों को सरासर दफनाकर आतिश बन जाता है।

तुमने जाते हुए मुड़कर देखा तो था, आँखें नम करके
तुम्हारे उस इशारे को क्यूँ समझ न पाई मैं?

मुझे किनारे लगाकर तुम्हारी कश्ती आगे निकल गई,
नींद आँखो से चुराकर, तुम्हारी नींद आगे निकल गई।

28. तुम जब मेरे सामने आये, फूलों के गालीचे बिछ गये

तुम जब मेरे सामने आये, फूलों के गालीचे बिछ गये,
धुँध बनकर छा गये मुझ पर, बादलों की ज़रूरत न थी।

तुम्हें हर पल आसपास महसूस करती हूँ,
आँखें बन्द करके तुम्हारे पास अपने को पाती हूँ।

तुमने कोई इज़हार तो नहीं किया था मुझसे,
दिल अपनेआप ही तुम्हें करीब से पहचानने लगा था।

तुम्हारा हर पल का साथ, बदलने लगा था मेरे ख्यालों के मौसम को
सौंधी मिट्टीं की तरह, पहली बारिश को ढूँढ़ रही थी मैं।

हमने बादा किया था कि हम हर क़ीमत पर साथ निभायेंगे,
हर क़ीमत पर हम आँसु को तुम्हारी आँखों से चुरायेंगे।

29. ऐ खुदा, तुमने मेरे सामने यह ग़लत चाल क्यूँ चला?

ऐ खुदा, तुमने मेरे सामने यह ग़लत चाल क्यूँ चला?
एक मौका तो देते बाज़ी जीतने का ।

एक तूफान कहाँ से आया और मुझे जड़ से उखाड फेंका,
उम्मीद की डोर को ज़ोर से पकड़ा, पर हाथों से वो छूट गया ।

तुम्हारी खोज में मैं अपने हर आज को लुटाना चाहती हूँ
तुम्हारे अनोखे इस रिश्ते को मैं सजाना, सँवारना चाहती हूँ ।

तुम्हारी यादों में गुलाबों की महक घुल सी गई है मुझमें
ज़िन्दगी धोखे से, ख़ार भरी राह में घसीट लाई जो है मुझे ।

खुदा तुम इतने बेरहम क्यूँ हुए, दर्द का पहाड़ टूटा जो मुझ पर
तुम्हारा साजन अगर कोई धोखे से छीनता, तो शायद दर्द समझ पाते तुम ।

30. रहकर साथ तुम्हारे, दर्द को बाँटना था

रहकर साथ तुम्हारे, दर्द को बाँटना था,
तुम्हारे पलको पे खुशी की खिलखिलाहट जो को देखनी थी।

हम साथ साथ थे तो सारे बुरे व़क्त टल गये थे
ज़मी ठहर गई, आँसमां उडने लगा था साथ देखकर हमें।

सूने मेरे मन्दिर में दिया तुम बनकर आये थे,
मेरे एहसासों में तुम रूबाई बनकर आये थे।

तुम्हारा डाँटना भी मुझे कई बार, अच्छा लगता था,
कितने प्यार से तुम डाँटते थे, मुझसे बेहतर किसे पता था।

हमारा साथ होने का ग़जब का सहारा था, अटूट ताक़त थी,
हमारे बीच का ये रूहानी रिश्ता क़ायम था, सच्चा था।

31. चाँद तारे दिन में खिलने लगे थे

चाँद तारे दिन में खिलने लगे थे,
फूल जूगनुओं जैसे रात को चमकने लगे थे।

तुम्हारे पास होने का जो जादू चल गया था,
हर मौसम की खुशियों का नज़ारा छा गया था।

ख्यालों में तुम जो आकर बसे थे, न जाने के लिए,
मेरी दास्तान तुमसे ही शुरू हुई, और तुम पर खतम होने के लिए।

तुमने-मेरे प्यार को कुबूल कर, किया था मुझ पर एहसान,
तुमने बुलन्द किया था हौंसला, तो आसमां भी झुक गया था।

तुम तारा बनकर चमके रूह में, और मुझे राह दिखलाई
कभी बोलके, कभी चुप्पी ही से ये सिलसिले तुमने चलाये।

32. वक़्त थम सा गया है तुम्हारे बिना

वक़्त थम सा गया है तुम्हारे बिना,
साँस रूक सा गया है तुम्हारे बिना।

ज़िन्दगी में अन्धेरा सा छा गया है, तुम्हारे बिना,
भूचाल ज़िन्दगी में आया है, तुम्हारे बिना।

मैं ढूँढना नहीं चाहती कोई और आसरा, कुछ देर जीने का
मैं खोजना नहीं चाहती कोई और रास्ता, कुछ देर चलने का।

ख्वाबों से तुम जाते नहीं, निसयान तक चलते चलते,
दिल से निकली हुई बातें, बियाबान तक रूकते रूकते।

टूटकर तुम्हें चाहने की ये सज़ा मुझे क्यूँ दी खुदा?
मेरे जहाँ के हर कोने को, बेरंग क्यूँ किया खुदा?

33. हर जनम में मैं तुमको माँगू, खुदा से

हर जनम में मैं तुमको माँगू, खुदा से,
हर ज़िन्दगी में तुम्हारा ही साथ हो, खुदा करे।

टूट न जाये ख्वाब मेरे, रह न जाये ख़्वाहिश अधूरी,
काँधे पे तुम्हारा हर पल ढले रुके न कभी ये सिलसिले।

सन्दल की खुशबू की हवा बताकर नहीं आती,
धनक का रंग आसमां को बताकर नहीं छा’ती।

हर रात एक कहानी बनकर उड़कर आते हो तुम,
हर ख़्वाब एक शबनम बनकर सहर के साथ उड़ जाते हो तुम।

हमारे अनोखे रिश्ते जुड़े तो गुलिस्तां बन गया,
ज़िन्दगी की मस्ती भरी चढ़ानो और फिसलते ढलानो के बीच।

३५ घनघोर घटा की उमड़ घुमड़, तुम बनकर मुझसे मिलना

घनघोर घटा की उमड़ घुमड़, तुम बनकर मुझसे मिलना
तुम तसलसुल बारिश बनकर, चादर-मुझे ओढ़ा देना।

आँखो को कभी नम न करना, न उदास होना कभी,
सूरज, चँदा, जमीन आसमान, कोई तुमसा यहाँ है नहीं।

बौछारों की हार बन, तुम मेरी रूह को भिगोना,
पपीहे को कूक बन, तुम मेरे बन को गुँजाना।

डर को आँसमा में उड़ाकर सुकून के रास्ते बनाना,
रिश्ते के इन्द्रधनुषी रंग उंडेलकर, दर्द के पलों को मिटाना।

बेचैनी की हवा में साँस अब तो घुँटने लगी है,
बेताबी के मज़र में आस अब तो छुटने लगी है।

35. सारी काय़नात के सितारों को तुमने मेरी माँग में भर दिया

सारी काय़नात के सितारों को तुमने मेरी माँग में भर दिया,
फूलों की खुशबू का नशा समा में कहाँ से बिखेर दिया।

थमने लगीं थी साँसे, जमने लगी थी तारो की बारातें,
उड़ने लगी थी मौजे, ठहरने लगी थीं पहाडों पर धनक।

तपती धूप मैं बैठकर सूरज का पता मैं ढूँढ़ रही थी,
करम था मेरे सूने साज़ पर और संगीत की लहरें मिल गई।

धुन सभी तुमसे जुड़ी थीं, सुर सभी तुमसे मिले थे,
महेकते तुम्हारे आसपास, फूल सभी फ़िज़ाओं में खिले थे।

तुमसे यूँ मिलेंगे, हमने सोचा न था, इतने छोटे से जहाँ में
मखमली लम्हों को प्यार से सींचेगे, ये सोचा न था कभी मैंने।

36. हर रोज़ रात का अन्धेरा था, सहर के इन्तज़ार में

हर रोज़ रात का अन्धेरा था, सहर के इन्तज़ार में,
मैं बेहाल सी थी, तुम्हारे फिर लौटने के इन्तज़ार में।

मुट्ठी भर खुशियाँ ही तो थीं तुम्हारे संग होने में
कल की कोई फिक्र न थी तुम्हारे संग जीने में।

मेरी ज़िन्दगी में मीठास की बूँदों से मुझे सराबोर किया
मेरी साँसो में महक की छींटों से मुझे अमिक़ किया।

तुम्हारे चले जाने से मायूसी की खिजां का आलम है,
तुम्हारे चले जाने से दुनिया अब भीड़ सा लगने लगा हैं।

दूर तलक सन्नाटा है, दूर तलक खामोशी है,
दूर तलक अब छुपने का कोई रास्ता नहीं है।

37. इतने सालों से एक एक करके, जुटाई थी खुशियाँ,

इतने सालों से एक एक करके, जुटाई थी खुशियाँ,
क्यूँ खुदा तुमने एक ही झटके में छीन लिया सब कुछ।

तुम तो मेरे सपने थे, और हकीक़त भी; इस जहाँ में,
मेरे पैरों के नीचे की ज़मीन को क्यूँ खुदा तुमने खींचा?

हो सके तो मेरी दुनिया मुझे वापस दे दो, खुदा
हो सके तो मेरे सूनेपन को सरगोशी में बदल दो, खुदा।

खुदा तुमपे कितना नाज़ था, भरोसा था ज़हन में,
तुमने ये जानते हुए उस भरोसे को डूबो दिया समंदर में।

मेरी ज़िन्दगी में एक सैलाब आया और मुझे बहा ले गया
मेरी ज़मीं पर एक बिजली गिरी और सब कुछ राख हो गया।

३८. हर मौसम चाय का मौसम था, बिना किसी शर्त के

हर मौसम चाय का मौसम था, बिना किसी शर्त के,
चले भी आओ चाय साथ में पीएँ, बिना किसी शर्त के ।

मुझे यहाँ से लेकर जाओ, जन्नत में चाय पीयेंगे,
मुझे अब यहाँ रूकना दुश्वार है फुरसत से बातें करेंगे ।

तुमने प्यार से चाय को हमारी रिश्ते की नर्मी से जोड़ा,
तुमने किताबो के ढेरों की बरक़त को अपने साहिल से जोड़ा ।

एहसासों को किताबों में छुपाकर चाय पर बातें होती थीं,
तारों को पढ़कर ही मुझे पता चला, तरंगों में रिश्ता छुपा होता था ।

चाय की लज्ज़त, धड़कनों की बंदिश, क़तरा क़तरा सराबोर था
कभी जो इसमें दरार, आई चाय, शब्द, संगीत ने दिया उसको भर ।

39. तुम दिल में बसे हो ऐसे, मौसम में फूलों की वादियाँ जैसे

तुम दिल में बसे हो ऐसे, मौसम में फूलों की वादियाँ जैसे,
ज़हन में बसे हो ऐसे, समुंदर में लहेरों की सेफताह जैसे।

शौकते-नसीम पर टिका था ये रिश्ता हमारा,
दुनिया की खुशियों से परे था, ये रिश्ते हमारा।

सात समुंदरों की लहरें तुम्हें ज़रूर ढूँढ़ निकालेंगी,
तेज़ हवाओं के झोंके तुम तक ज़रूर पहुँच पायेगें।

आँख-मिचौली मत खेलो अब, प्यार पता अब पूछ रही है,
छूट जाने का बहाना मत बनाओ अब, किताबें तोहमते लगा रही हैं।

पक्के डोर का पतंग चढ़ता रहा, पक्के हाथों ने जो उसे थामा था,
लम्हा लम्हा पिरोया, आँखों ने सींचा, दिल में बोया वो अंकुर था।

40. खेंचता हैं क्यूँ ये तूफान मुझे रह रह के?

खेंचता हैं क्यूँ ये तूफान मुझे रह रह के?
डूबोती हैं क्यूँ ये सैलाब मुझे रह रह के?

क़तरा क़तरा बनके मैं बिखरती जाती हूँ,
सूखे बादल बनके मैं मायूसी में लौट जाती हूँ।

हर रात मैं सोचती हूँ मुझे तारों के पास जाना है,
हर रात मैं तुम्हारी खोई आवाज़ को ढूँढती रह जाती हूँ।

हर पल हाथ से छुटा जा रहा है मुठ्ठी जो खुल गई हैं,
हर अरमान दिल को चीरे जा रहा है, सुर जो खो गये हैं।

मुश्किलों का बर्फ सा पहाड़ पिघलने लगा था,
मैं तुम्हारे दर्द को देख़कर पागल होने लगी थीं।

41. दस्तक मेरे दिल पर तुम्हारी सादगी ने दी

दस्तक मेरे दिल पर तुम्हारी सादगी ने दी,
उसी सादगी पर मेरा दिल, तुम पर कुरबान हुआ।

दिल की नज़र से जब देखा, तुम्हें एक दोस्त सा पाया,
हम दोनों ने दोस्त बनकर, एक दूसरे को सराहा, परखा।

खुदा ने चाहा था, इसलिए हम दोस्त बनकर मिले,
कुदरत का करिश्मा था इसलिए जिन्दगी में हम मिले।

मन के महल में तुम ही मेरे दोस्त मेरे सब कुछ थे,
दिल के आँसमा में तुम्हीं मेरे रब मेरे रहनुमा थे।

तुम एक बहोत अच्छे इन्सान ही नहीं अच्छे दोस्त भी थे,
मुझे मेरे घड़कनों पर ऐतबार ही नहीं, तसदीक़ भी था।

42. ज़िन्दगी खूबसूरत थी हमारी हर किस्म का रंग था भरा

ज़िन्दगी खूबसूरत थी हमारी हर किस्म का रंग था भरा,
काले बादल होते हुए भी झरती रही थी रोशनी सदा।

ज़िन्दगी ने जब भी हल्के से छुआ सहियाना थिरक गई चारो सदा और,
राग बनकर प्यार छाये, ज़िन्दगी ने हल्के से गुनगुनाया चारों ओर।

सोने से चमकीले दिन थे और झिलमिलाती रातें थीं,
रूत में निखार, नूर की बरसात, फुरसत की बातें थीं।

मेरे ख़्वाबो की तस्वीरों में तुमने सारे रंग बिखेरे थे,
मेरे प्यार के फलक पर तारे निछावर कर दिए थे।

मेरे ख्यालों में, दुआओं में, तस्सवुफ में, बसे थे तुम,
तुमने सजाया था इस घर को खुदाई की रोशनी से।

43. हमारी कहानी थी ही अनोखी हर नए दिन की तरह

हमारी कहानी थी ही अनोखी हर नए दिन की तरह,
हर दिन एक अलग खुशबू, अलग रंग की अंगडाई।

जो रास्ता मुझे बुला रहा था, पहचानी पगदंडीयों सा था,
जो मक़सद मैंनो चुना, पहाड़ पर बिखरी सूरज की पहली किरण सा था।

जोगी के रंग में मेरा वजूद था राह अनोखी,
सिर्फ दिल ही नहीं, साँसो और नसों में वो ही रंग भरा था।

उल्टी सीधी मनमानीयाँ करने की छूट दी थी, मंज़िल तक,
सही ग़लत को समझने की तजज़ी दी थी, मंज़िल तक।

मुठ्ठी में सूरज को बाँधा था, फलक से चुराकर,
पलको में शाखसार को छुपाया था, बनों से उधार लेकर।

५५. इन्तज़ार ही हमारे रिश्ते का नसीब बन गया

इन्तज़ार ही हमारे रिश्ते का नसीब बन गया,
तुम क्या गये छोड़कर, जान ही चली गई।

वादियों में जंगलो में, पहाड़ पर, आसमा में,
दूर दूर तलक, कहाँ कहाँ तलक, आवाज़े मुस्ताक़ होती रहीं।

तुम्हें खोने का वो ग़म क्या था, किसीके समझ से परे हैं,
तुमने जो जीने का अन्दाज़ दिया था किसीके समझ से परे है।

मैंने ऐसा एक दोस्त खोया, जिसको फिर पाना है इज्ज़त दुबारा।
हमारे बीच न तो कोई ग़लत वादे थे, न ही ऐहसानों का दिखावा।

जीतेजी अपने प्यार को खोना, मरने के बराबर है
लिखने से अगर, ज़ख्म भर जाता तो जीने के बराबर है।

45. हमारे साथ रब की दुआ सदा रही थी

हमारे साथ रब की दुआ सदा रही थी,
मेरे सुर से तुम्हारा सुर उन्ही सुरों की रवानी थी।

बन्द दरवाज़े खुल गये थे वादियों की फ़िज़ा में,
दिल हँस बन उड़ रहा था हँसती हवा में।

मैं खुशी के सातवें आँसमां पर, परवाज़ हो उड़ चली थी,
चारों ओर सब्ज़ सी मुस्कुराहट ज़मी पर बिछी थी।

हम साथ होते थे तो लगता दुनिया ठहर सी गई,
साथ हम जब गाते तो लगता हवा सुनने को रुक गई।

हमारे बीच की चुप्पी, कह जाती थी बहुत कुछ,
जैसे कोई दरिया जोश में बहकर तोड़ता है किनारा।

५६. तुम खुद सूरज थे, बादलों से नसीहत नहीं माँगते, हटने की

तुम खुद सूरज थे, बादलों से नसीहत नहीं माँगते, हटने की,
तुम खुद नदी थे, पहाडों से राहे नहीं माँगते, जाने की ।

तुम मन के अच्छे लाखों करोडों में, कुतुब का तारा थे,
शफ़क की लाली, सुबह का उजाला जहाँ के गाज़ी थे ।

हर दिन सुहाना होता था आज़ादी के सबक से,
हर मौसम महक उठती थी, नई कुव्वत के आने से ।

मियार की ऊंगली थामें जब नींद ख्वाब में उतरी है,
चंदा को इस्तक़बाल करने ओस की बूदें बिखरी हैं ।

बहते पानी ने आबशार के चट्टानों को ललकारा है,
तुम क्या मुझे रोक सकोगें, रास्ता मुझे बनाना है ।

47. दश्ते-जश्न को पता था, बहारों का मौसम आनेवाला है

दश्ते-जश्न को पता था, बहारों का मौसम आनेवाला है,
रास्तों को पता था कि दश्ते-जश्न में फूल बिछनेवाले हैं।

तपते धूप में छाँव का पहरा बारिशों में मोतियों का सेहरा,
हवाओं में प्यार के रंगीन पत्ते, लहरों में चाँदी की लहरियों का डेरा।

मेरी क़दमों में झूमती बहारें बिछाने लगे थे तुम,
मेरी बिखरी ज़िन्दगी में खुशियों के मेले लगाये थे तुम।

दोस्ती में इसतीजाब को हमने खोने नहीं दिया,
ज़िन्दगी के खूबसूरत लम्हों को कभी खोने नहीं दिया।

सितारे हमें पनाहों की राह दिखाने लगे थे,
नज़ारे हमें रूहानियत की राह दिखाने लगे थे।

५४. दरख्तों पर फूलों के गूंचे, टिमटिमाते तारों की चादरें

दरख्तों पर फूलों के गूंचे, टिमटिमाते तारों की चादरें,
अफ़ाक पर पंछियों के टोले, महकिले-खुशबू की फुहारे।

रूक्सत हो जाती है ख़िजा, प्यार की कलियाँ खिलती हैं जब,
हक़कीत बन जाती है दुआ, दिल की शहनाईयाँ बजती है जब।

किताबों के पन्नों में डूबे रहना, जैसे कमल सरोवर में हो,
चाय के प्यालों में खोये रहना, जैसे ख्याल के गहराई में हो।

चुपके से तुमने अपना बनाकर नज़रो में छुपा लिया,
तुम जब आते तो बैठक सजने लगते, गीते, हँस देते।

दिल से निकले हुए सच ने हमें पक्की डोर में बाँध दिया,
आँखों में जो सच था, छुप न सका पलकों के कोने में।

५९. कौन सी नई दुनिया में तुम खो गये हो, नज़्म में?

कौन सी नई दुनिया में तुम खो गये हो, नज़्म में?
तोड़ के सारे बन्धन तुम चले गये हों, हवा में?

वापस कैसे मैं ला पाऊँगी गुज़रा हुआ वो ज़माना,
मेरे पर बीत रहा हरेक पल उसे बेजान समझना।

तुम्हारा हाथ मेरे सर से जो उठ गया, मैं बेजान सी,
प्यारे प्यारे से पंछी बेखुदी में उड गये, आँगन सूना समझना।

जख़्म सी यादें बेरहम मुझे रोज़ कुरेदती हैं,
दिल की चीख बेज़ुबाँ मुझे रोज़ सताती हैं।

हक़ किसीका नहीं बनता कि मेरे दुःख को जाने,
क्योंकि ये दुःख अब मेरे साथ घुलमिल सी गई है।

50. लगने लगें थे पंख, कहाँ मुझे हवाएँ ले उड़ी थी

लगने लगें थे पंख, कहाँ मुझे हवाएँ ले उड़ी थी,
बजने लगी थी बाँसुरी, साहिर जो तुम हो चले थे ।

चेहरे से रोशनी फूटने लगी थी, तूफान जो दिल मैं था,
रात की रानी महेकने लगी थी, चाँद जो आसमां पर था ।

सिन्दूर सजाई थी तुहारे नाम की, कितनी इरतीबात थी इसमें,
महेंदी रचाई थी तुम्हारे उमर की, कितनी नज़ाकत थी इसमें

चाय के नशे में शाम जब होती, शाम भी खुशनमा होती,
मौसिकी का सिलसिला जब शुरू होता, शब से सेहर होती ।

दुनिया में हर कोई चाहता है जो तुमने कभी नहीं चाहा,
परहेज़ नहीं किया तुमने कभी किसी से कभी सच्चाई नहीं छोड़ा ।

51. ज़िन्दगी के अन्धेरे में दूर तक तुमने साथ दिया,

ज़िन्दगी के अन्धेरे में दूर तक तुमने साथ दिया,
तुम्हारी सूरज सी रोशनीने मेरे दिल में उजाला कर दिया ।

गीतो के आबशार वादियों के सब्ज़ को बाहों में मर रही,
फूलों की शाखें पहाडों के बदन को रंगों से सजा रही ।

कहकशां में तुम छुप गये, तो वो और नज़दीक आ गये,
आतिश फ़िज़ा पहाड़ टूटा, और दफन कर गया मुझे।

रिश्तों के अटूट बन्धनों से, लहरों से तैरते रहे,
मौसिकी के नफीस सुरों से, फलक रोनकनुमा बनी ।

हो जाये कोई करामत मैं ये सोचती रहती हूँ,
जाने क्यूँ मैं तुमको दिन रात खोजती रहती हूँ ।

52. किनारे पर बैठकर समुंदर में उठे तूफान को सबने देखा

किनारे पर बैठकर समुंदर में उठे तूफान को सबने देखा,
मैं अपनी लड़ाई लड़ रही थी, खुद से, अपने टूटे विश्वास से।

शीत लरह में भीगे से पर थे, धूप जो मुझे छोड़ चुकी थी,
ठहरे पानी में मन सूखा था, लहरे जो पीछे मुड़ चुकी थी।

कोसती हवाये सभी दुआएँ उड़ा कर कही दूर चली गई,
जाने कैसे ये पल, बिखरे सें, रेतीले तूफान में खो गये।

राहें मैंने देखी सौ सौ राते, उड़ते जूगनुओं की रोशनी से,
बेदर्द अश्को ने रूलाया रातों को, सहर में ओस की बूँदों से।

ग़म की दवा को ढूँढू कहाँ, दर्द ही दवा का दूसरा चेहरा है,
अब सूनेपन से रिश्ता कैसा, कैफियत का दूसरा मुहरा है।

53. प्यार, दोस्ती सच्ची हो तो नोंक झोंक मामूली से लगते हैं

प्यार, दोस्ती सच्ची हो तो नोंक झोंक मामूली से लगते हैं,
हमारे इस रिश्ते के खज़ाने से लहरें गूँजने लगती है ।

मेरे सपनों को उड़ान मिली एक ज़दीद से, हमाराही से,
ख़्वाहिशें उफ़क से जा मिली थी, एक रंगीन मंज़िल से ।

जाँ में जो सुहा रंग चढ़ गया, सारा जहाँ सुहाना हुआ,
आदत में जो रंगत घुल गई, सारा जहाँ इबादत हुआ ।

दूरियों में रहकर भी कहाँ तक रह सकोगे तुम?
क्या इन्साफ है ये, कि अलविदा कहकर, न लौटोगे तुम ।

बर्दास्त की हद का कोई तस्सव्वुर ही नहीं,
दोस्त होने का वास्ता है, कोई गुज़ारिश नहीं ।

५४. ए खुदा तेरे इस नायाब़ जग में, इतनी दहशत और बरबादी क्यूँ

ए खुदा तेरे इस नायाब़ जग में, इतनी दहशत और बरबादी क्यूँ।
तेरे इस अज़ीम जहाँ में, इतनी उमस और रंजश क्यूँ?

प्यार दोस्ती वफादारी से कौन सी वीरानी में गुम हो गये,
सच्चाई, दर्दमंदी, ईमानदारी कौन सी खाई में घँस गये?

कानून, तुम्हारा एक न एक दिन दरवाज़ा जरूर खेलेगा,
गुनाहों के पिटारों का एक न एक दिन निकाला ज़रूर होगा।

खुदा, तुम अपना फैंसला सुनाओं, राय देनेवाले हैं बहोत,
तुम्हारे और मेरे बीच का इस आनानीयत का फासला है बहोत।

आँसु का कोई रंग नहीं, खूनो-दर्द की कोई जात नहीं,
इन्सानियत का कोई भेद नहीं, प्यार हमदर्दी की कोई सहरद नहीं।

55. कुछ देर और, रूक जाते तो किश्वर ही बदल जाती

कुछ देर और, रूक जाते तो किश्वर ही बदल जाती,
जा रहे कारवाँ, चलते-चलते रूख बदल देते।

जाते जाते तुम चैन सुकून उड़ा ले गये, हवा जैसे,
रहते रहते बारूद के पहाड़ो को दफना न सके।

अश्कों के सैलाब को कैसे रोक पायेंगे भला?
किनारों के बाँध को कैसा दुरूस्त कर पायेंगे भला ?

घुटनने दिया सूनापन ज़िन्दगी को तबाह कर दिया,
तुम्हारी यादोने मुझे दीमग बनकर कुरेद दिया।

56. मन बह चला था तुम्हारी ओर, चट्टानों को पार कर

मन बह चला था तुम्हारी ओर, चट्टानों को पार कर,
ख़्याल उड़ चले थे तुम्हारी ओर, कहकशां को चीर कर।

बनके बूँदे आँखों से बह गये, और सैलाब रो पड़ा,
गहरा सा जख्म तहदीद के पिंज़रे में था मुझे सहसा जकड़ पडा।

मंज़ूर मुझे न था तुम्हारा यू रूठ जाना, न ही मुझे खबर थी,
हवा के रूख को तो पलट सकती थी, यहीं मर्ज़ी रब की थी।

यादों के काँटे रह रहकर दिल में चुभते हैं,
पीर न ठहरता है और न ही आँख से बहता है।

तुम्हारी आवाज़ बवंडर बनकर मुझे घेरे रहती है।
अब हम साथ साथ चल रहे हैं, ऐसा एहेसास होता है।

57. दरिया के मोती सा प्यार, निशानी दी तुमने

दरिया के मोती सा प्यार, निशानी दी तुमने,
इल्मे-अदब, मौसिकी की तनवीर दी तुमने।

रंगो से सराबोर था आँसमां खुशबू से लथपथ हवा,
जैसे बिना झिलमिलाहट के नीली झील सी कोई सदा।

साँसों ने बाँधी ये डोर, तुमरे संग, जावदानी तक,
कहाँ से तुम उड़कर आये, छू गये मेरे दिल को यूँ?

सीखना था बहोत कुछ तुमसे, तरीका तुम्हारा अपनाया,
बसर की खूबसूरती के इल्म पर, नज़र को हरदम टिकाया।

रब तो खुद ही नूर है, उसे रोशनी के चिराग की क्या जरूरत?
रब तो खुद ही जहाँ हैं, उसे मन्दिर मस्जिद की क्या ज़रूरत?

58. ज़हर भी असर नहीं करता, इमानदारी की फ़तह को

ज़हर भी असर नहीं करता, इमानदारी की फ़तह को,
खुदा, तुम्हारे दरबार में सर झुका है, तो दुनिया में ऊँचा ही होगा ।

गिरगिट ने खुदखुशी करने की सोची, आदमी को रंग बदलते देख,
खूबसूरत माहौल ने इतियाक दे दी, आदमी को जाहिल होते देख ।

वक्त ने इन्सान को बनाया था और आज उसे तबाह कर रहा है,
सादा भूख से इन्सान की भूख कई गुना और बढ गई है ।

खुदा ने हसीन जहाँ आदमी को बख्शा है, तोहफा बेनमून,
खुदा के हर एक तोहफे ने सहारा जो दिया, ज़िन्दगी सँवर गई बेनमून ।

बुलबुल ने गुलज़ार से अपना नाता तोड़ा, जंगल में खो गई,
इत्रने गुलाब से अपना नाता तोड़ा, हवाओं में उड़ गया ।

दिमाग़ी चिनगारी को हवा लग गई और चिता बन गई,
लालच की खाई में आदमी फँस गया, और ज़मीं निगल गई ।

59. शफ़ीक में पुरजोश ताक़त होती है तो

शफ़ीक में पुरजोश ताक़त होती है तो
हरेक दर्दे मुश्किल का कोई हल होता है।

मेरी ज़िन्दगी की किताब रब के सामने खुली थी,
मैं अपने तकलीफों से जूझकर मंज़िल को खोज रही थी।

ग़म के नशे में दिल चूर चूर होकर बिखरा है,
तुमसे दूर होकर दिल को समेटना एक वहम हैं।

मेरे अन्दर गहरा अन्धेरा कूट कूट कर भर गया,
ज़माने से तुम्हारे इन्तज़ार ने मने को बेकाबू कर दिया।

नींद में ठोकर लगी, सपने टूटकर बिखऱ गये,
जाने कौन से मोड़ पर ज़िनदगी खाई में गिर गई।

रब के आदिल कानून में एतबार है सभी इन्सानों को
आदमी उसे क्यूँकर अन्धा साबित करता होगा?

60. प्यार की बारिश तो हर रोज़ होती, पर कितने भीग पाते हैं?

प्यार की बारिश तो हर रोज़ होती, पर कितने भीग पाते हैं?
रब तो प्यार हररोज़ बरसाता है, पर कितने भीग पाते है?

सोबत शबनम की कभी कभी मिलती है, शफ़क को पहचानने से,
मुआफ़िक हवाओं के धनक को रोकती है, बाहों को फैलाने से।

जब हवा गुनगनाने लगे और आँसमा झूमने लगे तो क्या समझें?
जब अम्बर का चाँद जमीं पर इतराकर गाने लगे तो क्या समझे?

फूलों के भँवरे से गुफ्तगु जो हो तो क्या कुछ कहना मुश्किल है?
चाँद की भीनी चाँदनी में कशिश जो हो, तो क्या कुछ कहना मुश्किल है?

मुस्कुराटह तुम्हारी, मेरे मन को आगोश में लिये थी,
और बदन के नस नस में तुम्हारी आहटे सुनाई देती थीं।

61. दो क़दम को छोटी सफर को बेईन्तिहा ज़िन्दगी दी

दो क़दम को छोटी सफर को बेईन्तिहा ज़िन्दगी दी,
दिल से कही हुई हर बात को, एक सच्ची जुबानी दी।

मन करता था तुम्हारी हर बात को गले लगाऊं,
लाख बातों में से तुम्हारे सलाहियत को गले लगाऊँ।

रोक लूँ हर जाते हुए लम्हें को तुम्हारे नाम पर,
दामन थाम लूँ, तुम्हारा, तुम्हारे नाम के वजूद पर।

'सोनेट' पढ़ते ऐसा लगता जैसे हवा में उड रही हूँ मैं,
मैं तो एक मौसिकी का दरिया हूँ जो बहती रहती हूँ

तुम चाँद बनकर चलते थे मेरी नीली रातों में,
मैं जागती रहती थी तुम्हारे ख्वाबों की रज़ाई में।

62. राख लेकर शरीर का, रब ने सब पीर मिटाई

राख लेकर शरीर का, रब ने सब पीर मिटाई
मन काँपने लगा था, रब ने जब पीर भूलाई।

अब ये दीवार भी बूढ़ी हो चली है, कभी भी घँस जाये,
तुम्हारे नाम की सब्ज़ हवा में, डूबकर ये खो जाये।

मुझसे तुम्हारा ये दिन-रात का सन्नाटा बर्दाश्त नहीं होता
मौन को चीरकर सारी रात अन्धरों से बात होती नहीं।

दिन में इतना अन्धरोपन और रात को इतनी धूप क्यूँ होती?
कलेजे पर का बोझ पहाड़ सा और दर्द इतनी बेइन्तहा क्यूँ होती?

घायल ये दिन कब तक झेले इन नाकामियो को
किस्मत का तारा टूट चुका, बेसबब हालात के बस को।

63. खुदा करे, के तुम्हारी याद में वो मुकाम आयें

खुदा करे, के तुम्हारी याद में वो मुकाम आयें,
कोई मिटा न सके हमारे नफीस फसोन को ।

मैंने पहली बार तुम्हारे साथ बैठकर "पिगमैलियन" को जाना,
और पहली बार, उससे ज़हीन होकर, किताब में एक फूल रखा ।

दिल के सितार पर तार छिड़े और दूर तबले पर ताल बजे,
प्यार की कश्ती निकल पड़ी थी मुफरित समुंदर के सफर पर

जान नहीं गई तुम्हारे साथमें और जी भी नहीं पाती,
तुम्हारे रूह से अलग होकर में बहक भी नहीं पाती ।

बिजली जब मुअस्सिर होती हैं ज़मी पर, कौन रोक सकता है ?
तसव्वुर का सुरूर जब छाता है, दिल कौन रोक सकता है ?

64. चन्दा को बादलों के झूले पर झूलते देखा

चन्दा को बादलों के झूले पर झुलते देखा,
मछलियों को आकाश में तारों के बीच तैरते देखा।

मेरे छोटे से दिल को रोशन खुशी मिल गई,
मेरी बिछड़ी दुनिया मुझे फिर से मिल गई।

मेरे दिल के बाग़बान में कलियाँ खिल गईं,
बेशुमार हवाओं के पंख पर बैठकर ज़मीं से दूर हो चली।

दुनिया नये रंगो में सज गई, सब कुछ नया-नया,
बेताब नज़ारो के धुँघ छाने लगे, सब कुछ सपना सपना।

हमारी दोस्ती का ठिकाना दुनिया में है बेमिसाल,
खिलते गुलज़ार, झूमता आसमां में है गवाह कुरबत।

65. ज़िन्दगी उधार पे मिली है रब से

ज़िन्दगी उधार पे मिली है रब से,
कितनी लम्बी इएमआई और इन्टेरेस्ट चुकाना है, कौन जाने?

तैरना आता नहीं, गहरे ग़म के समुंदर में डुबकी लगाई है,
डूबने वाले को तिनके का सहारा भी रब ने जो छीन ली थी।

ज़िन्दगी के डर से जो जीत पाऊँ मैं, तो अजाब क्या चीज़ है,
आँखों से सावन की झड़ी को रोक पाऊँ मैं, तो सैलाब क्या चीज़ है?

इत्तेफ़ाक से वक़्त पीछे चलने लगे, तो हर घड़ी नायाब होगी,
आये हुए तूफान का रूख बदलेंगे, तो हर घड़ी नायाब होगी।

रब ने दूर से बारिश भेजी, पास जैसे गई भीग गई,
उधार की ज़िन्दगी में बराक भेजी, अपने फैंसले से जी गई।

66. आँख की कोर में क्यूँ ये नमी सी हरदम है?

आँख की कोर में क्यूँ ये नमी सी हरदम है?
सब्ज़ ज़िन्दगी में क्यूँ ये सूखे जंगल से है?

कटे कैसे ये उलझे से दिन और उलझी सी रातें,
झुके पलके नमी से फिर भी सजती दिल की बातें।

जूठे जग के रैन बसेरे में सीचीं आँखें झाँकती थी,
नैना तुम्हारे, आँसमां के तारे से, सांची राहे बनाती थीं।

मुकद्दर की साँसें लिखी थीं, बाज़ी मार गई हठीले दर्द ने,
वक्त के साथ दर्द कम होता है, सरासर झूठा दिलासा है।

रब से भीख माँगी थी तुम्हें अपनी ज़िन्दगी में पाने का,
ये बेहद खुशी है मुझे कि तुम्हारा मुझ में होने का।

67. माटी की इ़ज्जत देश की इ़ज्जत है

माटी की इ़ज्जत देश की इ़ज्जत है
सुर ताल माटी से हो तो वो ही इबादत है

सुरों को सँवारा तो ताल खुद ही मिल गये
नाविश्त को सजाया तो बोल खुद ब खुद बन गयें

धीरे धीरे राहों पर ज़िन्दगी के लम्हों का लुत्फ बन चला
तेज़ तेज़ रफ्तार ने पहाड़ी के धार पर लाकर टिका दिया।

हर फैंसला माटी की अहमियत से ही जुड़ा होता
हर फासला दिलों के नज़दीकी से ही जुड़ा होता

सोने जैसी माटी अनमोल विरासत की मिसाल
माटी की इज्ज़त और वक़ार, एहतियात की मशाल

६८. कर दिखाने का मौका पापा और तुमने दिया

कर दिखाने का मौका पापा और तुमने दिया
मकाम तक पहुँचने को हौसला तुमने दिया

समय कब पंख लगाकर उड गया पता न चला
रंग बदल बदलकर समय की लहरें, शब से सेहेर तक हो चलीं,

उछल उछल कर धड़कनों की लहरियाँ आगे को बढतीं
फिसल फिसल कर चेहरे आइने में छिपकर निखरतीं

घुलघुल कर साँसों में खुशबू, आँखों से उतरने लगीं
प्यार की तपिश से आहिस्ता आहिस्ता दिल पिघलने लगा

कई कई मकाम आये, लौट गये शिकस्त से
गढ़्ढे कईयों ने खोदे, खुद गिर गये काहिल से

69. बचपन फूलो के रस में नहाया हुआ फिर एकबार

बचपन फूलो के रस में नहाया हुआ फिर एकबार
खुशियों से सारे घर में उजाला हुआ, फिर एक बार

तेरे मासूम खयालों से आँख जुडने लगीं थीं
पलको के शामियाने में तुझे मैं छुपाने लगी थीं

सावन की मोती सी बूँदों पर लिखा तेरा अफसाना
रेशम सी मुलायम राहों पर बना था तेरा आशियाना

न रुकने वाले सिलसिलों का दौर बेमुद्दत हो चला था
तेरे साथ रहते रहते, बचपन मेरा लोट चला था

दिन में तारे, रात को बादल दिखने लगे थे
तेरी आँखों में फूल अब बातें करने लगे थे ।

70. शाम ढ़ले ढ़ले पलकों के तले तले

शाम ढ़ले ढ़ले पलकों को के तले तले
फूलों के मेले मेले, ये दौर चले चले

सोई सोई धड़कने जागे जागे ख्वाब
खुश्बू में पवन मस्त मस्त, गुलशन में फ़िजा फ़िजा

महकी महकी मुलाकातें सहमे सहमे सें खयालात
बिछड़ी बिछड़ी तन्हाई फैली फैली हैरतें

प्यारे प्यारे से झगड़े, बहकी बहकी सी बातें
खोई खोई सी धड़कनें, रूठी रूठी सी मिन्नतें

रूकी रूकी सी साँसे, खुली खुली सी तक़सीम
ज़रा ज़रा सी उल्फत, फिरी फिरी सी सर गर्मी

71. रब से जो लौ लगी

रब से जो लौ लगी तो हर रोशनी ग़ुम हुई
रब ने जो एहसान किया बरकत की बारिश हुई

झड़ी लगी, भीगना तो था ही, मदहोश फुहार में
नज़र नज़र में समाई जो बदली, सराबोर तो होना था बेखुदी में

सुरूर था आँखों में हर पल को जीने का
निशब्द था जज़्बा बुराई को झेलने का

बोझिल बोझिल शामें पिघल पिघल कर रूहानी हुई
काँटो की तरह ज़िन्दगी पल पल और चुभने लगी

इश्क को सहेज समाहित कर बाँटने की ख्वाहिशें थीं
कुछ ऐसी सबक सिखा गई और दिल को तन्हा कर गई।

72. चार दिन की कहानी चार दिन की ज़िन्दगानी

चार दिन की कहानी चार दिन की ज़िन्दगानी
बन जाती है बेहद तशविश, जब लालच हद से गुज़र जाती है

सब कुछ आदमी ने समझना चाहा, पर कुछ समझ से परे
तबाही के तूफान को आगाज़ किया, पर मनताक़ से परे

आदमी के मासूम रूह को किसने कत्ल कर दिया?
बेगुनाहों के अश्क के मोती को किसने यूँ लूटा दिया?

आफताब के खुदा, रोशनी को क्यूँ मिटा दिया?
मौत के इस गलिज़ आसमां को उरयान हक़ीकत क्यूँ बनाया?

ज़हन में शोला सावन क्यूँ दहकने लगे, समझना है बेअसल
अब तो हर शगुन में भी आग भड़कती है, लाशे बेसबब हैं।

73. रात दिन तुम्हारे ख्यालों को रोका नहीं जाता अब

रात दिन तुम्हारे ख्यालों को रोका नहीं जाता अब
तुम्हारा ही नाम लिखा हर साँस पर, मिटाया नहीं जाता अब

तुम्हारी वफ़ा ने मुझे सम्भाला, मेरे अधूरेपन को पूरा किया
सपने जो चुने तुमने, सजा दिये मैंने आसमा के आँचल पर

तुम थे मेरी अटूट भीतरी ताक़त, रकीने फौलाद
समय के खाई और पहाड़ों से जूझने का जुनून

ये क़ातिल ज़िन्दगी कहाँ जामूद में आकर फँस गई
अब तो सिर्फ खाईं पहाड़ और समुंदर ही नज़र आते हैं

एक छोटी सी चोट इतना बड़ा दर्दनाक घाव बन गया
तुम क्या गये, मेरा दर्द चैन सब कुछ जख्मसार बन गया

74. मेरे देश की माटी और फलक का जवाब नहीं

मेरे देश की माटी और फलक का जवाब नहीं
मेरे देश के लोगों और कामनी दिल का जवाब नहीं

तुझे याद करके मुझे चैन आये
ग़म के बादल छँटके, आज़ाद हवाएँ आये

आशाओं के आँगन में रोज उम्मीदें चौखट पे आकर रूकती है
खुदा, वो बेनमून तोहफे जो तुमने दिये, किस क़दर छिन रहे हैं

इन्सानियत क्या होती है किसी मासूम से सीखे कोई
रूहानियत क्या होती है किसी फकीर से सीखे कोई

75. चाँदनी बिछी ज़मीं पर

चाँदनी बिछी ज़मीं पर प्यार छुआ फलक तक
आतिश ने दिल को फूँका, धुँआ उठा फलक तक

रूत, घटा आने से पहले किसी की इजाज़त नहीं लेती
प्यार हमदर्दी जताने से पहले किसी की इज़ाज़त नही लेती

तेरे तसव्वुर में डूबा हुआ है खुशियों का हर सामान
तेरे ख्यालो में बसा है सुरूर के रंगो का समां

मेरे पहलू में मेरी जन्नत हो, कोई एतराज़ क्यूँ करे?
हमारे बीच के फासले कम हों, कोई एतराज़ क्यूँ करे?

मेरी हस्ती का गुरूर तुमसे, मेरी इबादत का गुरूर तुमसे
नौ रंगों से बनी हमारी जोड़ी, सफेद रंग का लिबास ओढे

76. दिल की खामोश जुबां ने कह दी नज़रों से सारी बातें

दिल की खामोश जुबां ने कह दी नज़रों से सारी बातें
हर उलझन का जवाब, सुन ली दबी दबी मुस्कुराहट सी शरारतें

तैर कर तो सभी पार होते हैं, डूबकर ज़िन्दगी पार करो तो जाने
नेक कामों को पार उतारने, इरादों को बदल डालो तो जाने

तुम्हारा दर्दों को करीब से जानकर मैंने अपनी दवा ढूँढ़ली थी
महफूस थी तुम्हारी दिल की दीवारो में, अपना घोंसला ढूँढ लिया था

हर पल रंग बदलते लम्हों से, सरासर धोखा हुआ मुझको,
सोच सोच कर दिमाग़ फटने लगा, रब ने ऐसा क्यूँ किया, मुझको ?

कौन सी ऐसी धड़कन थी, समझने से मैं नाकाबिल रही
कौन सा दर्दमंद वो इशारा था, देखने से मैं चूक गई

77. कितने आशियानों को जलाती है ज़र्ब की बिजलियाँ

कितने आशियानों को जलाती है ज़र्ब की बिजलियाँ
बेरहमी के गर्द से उठकर मुहब्बत के दिये की इम्तहान

खो जाता है वो चेहरा, सिर्फ आती है तुम्हारी आवाजें
खोये खोये से सुबह के मौसम कितने आते जाते हैं

बचा ही क्या रह जाता है, जिसका ख़्याल किया जाये
तन्हा दिल उसके लिए रो जाता है, जिसका ख़्याल किया जाये

कैसी राह पर ये ज़िन्दगी ले आई, तुम्हारे साये से भी हो गई जुदाई
बिखरी हर तरफ हैं यादों की निशानियाँ, और बिखरी हैं परछाईयाँ

सपने धोखा दे गये पलकें खुली हक़ीकत बनकर
जुल्म भूत बनकर, कोई मज़हब नहीं, इन्सानियत को ही कत्ल कर गई

78. तुम आज रूक जाओ मेरे लिए, फिजा हसीन है

तुम आज रूक जाओ मेरे लिए, फिजा हसीन है
तुम आज वादा करो मेरे लिए, टिमटिमाते तारें हैं

तुम मेरी दुनिया हो, मेरी जज़्बातो का समंदर
कब तुम्हें ज़िन्दगी से जोड़ लिया, मेरे दिल के अन्दर

फ़िज़ाओ के बीच तुम्हें देखा, और सब कुछ भूल गई
पाया है तुम्हें हसीन बहारों से, रूह के रिश्ते जुड़ गये

कितने हसीन रंगों में रंगा हुआ है ये हमारा साथ
फलक देखा, ज़मीं देखी, जहाँ देखा तुम्हें देखा

आँखों में मैं धुल गई, जैसे पानी में चन्दन
धड़कनें आसमां को छू गईं ज़िन्दगी में बहार आ गई

79. हर कोई नहीं आता दुनिया में कुछ अनोखा करने

हर कोई नहीं आता दुनिया में कुछ अनोखा करने
कुछ ही नेक-नियत शख्स बिना दावा के अनोखा करते

हम इन्सान ही कुछ अलग मिट्टी के बने होते हैं
नाम कमाने के लिए पूरी ज़िन्दगी गँवाते, तसव्वुफ नहीं कमाते

बुराई से आदमी कितना भी बड़ा बने, अच्छाई के सामने तो बहुत छोटा है
कितना भी वो उठ जाये, नीचा ही रहता है।

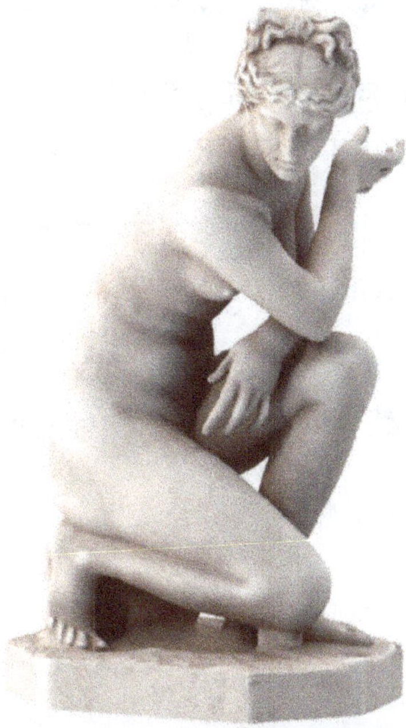

८०. दिल को छुये बगैर

दिल को छुये बगैर तोड़ा भी और सँवारा भी जाता है
दिन खिल-उठता है मासूम ज़िन्दगी की रवानी को छूकर

बहारे, नज़ारे, सितारे आ जाते हैं करीब, तुम्हारी करीबी से
झूठी शान, शौकत, इज़्जत चले जाते है, तुम्हारी फक़ीरी से

ज़िन्दगी की उदास राहों को तुम्हारी यादों से सजाया गया
मरने की आरज़ू में एक दिन भी जीना दुश्वार हो गया

रब, मैंने तुम्हारा हुक्म मान लिया सर झुकाकर
पर तुमसे इलतिजा है मेरा, हक़ मुझे फिर से लौटा दो

तुम्हारे नाम की तस्वीर मेरे दिल में, आज रबने बिखेर दी
प्यार के सैलाबी लहर में डूबकर ही मुझे अब पार उतरना है

81. ये फूल, ये बादल, ये पहाड, ये आँसमा मेरे हैं

ये फूल, ये बादल, ये पहाड, ये आँसमा मेरे हैं
धूप में चमकते शबनम बादलों में धनक मेरे हैं

शफक से रोशन सवेरा, सियाही सा दिलकश अन्धेरा
धनक की बाहों का झूला, खुशबू के मेलों का डेरा

बहारों पे सद के शबाब आ गया, मौसमों, को हमपे प्यार आ गया
बाद मुद्दत के दिल के दरीचे खुल गये, चाँदनी हम पर निसार हो गया

तुम्हारी संगत में बहार की ताज़गी, आफताब की रोशनी है
तुम्हारे मिज़ाज में सारे जहाँ का सोज़ ओर साज़ की हैरते है

तारों के शामियाने के नीचे सारी रात कटे तो कितना अच्छा !
बिन बोले सब बातें यूँ ही कह जायें तो कितना अच्छा !

82. तुमने छोड़ी जो यादें, मेरे गैबी रूह को कायल कर गई

तुमने छोड़ी जो यादें, मेरे गैबी रूह करो कायल कर गई
गुलिस्तान मेरा वीरान हो गया, तुम्हारी नींद कायम हो गई?

तुम मसीहा बनकर कितने नौजवानों की ज़िन्दगी में आये
नौजवानी तूफानी लहरों से सामना करने कितने इहतियात बताये

पढ़ने पढाने की लज़्जत इत्मीनान से ही होती है
पढ़ते पढ़ाते की इज़्जत सारे जहाँ में आफताब सी होती है

प्यार आँखों से उतरकर दिल में बहार सी छा जाती है
दिल से कभी नहीं वो उतरती प्यार नज़ारा बन जाती है

तुम्हारी मेरी दुनिया में बेहद-संगीत का दरिया उछलता है
सुरो के लहरे मचलते हैं, ताल क़ायनात का चलता है

८३. मेरी मौसिक़ी में तुम कुरबते साज़ की धुन

मेरी मौसिक़ी में तुम कुरबते साज़ की धुन
मेरी ज़िन्दगी के लम्हों में वक़्त का तकाज़ा तुम

तुम्हारे दिल के समुंदर के मौजों से बहाया दूर दूर तक
तुम्हारे दिल की अमीरी ने खज़ाने लुटाये दूर दूर तक

मैं वो कश्ती हूँ जिसे ब्रेरहम मौंजों ने दूर फेंका है
मैं वो सब्र का पहाड़ हूँ जिसे आज रब ने ज़मीन दोस्त किया है

आँसुओ ने सब्र के सारे बाँध तोड़ दिये हैं
ज़ख्म पर से चादर उठ चुका, बरांहनाह अब ज़िन्दगी है

दिल चीख चीख कर पुकारता है तुम्हें इस पार से
कुछ सुनाई नहीं देता सिवाय तुम्हारी पुकार तुम्हारी कविताओं से

८५. दिये जलाने से दिवाली नहीं होती

दिये जलाने से दिवाली नहीं होती
दिल के दिये जलने से दिवाली होती है

समुंदर के हर सीप में मोती नहीं होती
वो तो उसके अन्दर सलाहियत होती हैं

चलाचली का वक़्त किस पर कब आता है?
जहाँ में न कोई कह सका है, न जाना पाया है!

समय किसके मुट्ठी में बंद है कौन जान पायेगा?
कहकशां किसके इख़्तियार में है कौन जान पायेगा?

आदमी की नालायकी हर कलंक को पार गई
लम्हा ज्यों ज्यों गुज़रता गया तबाही और बढ़ती गई

झांसा देकर कितनी भी होशियारी कोई क्यूँ न कर ले?
रब की तरक़ीबो को जानना बेहद मुश्किल है

छोटी सोच छोटी बात, दिखाती है औकात
खुला दिल, माफ़ी की सौगत, दिखाती है औक़ात

इन्सान ने बर्दाश्त को हमेशा के लिए खो दिया है
उसको तराप भी ने उसे सख्त झपेट में ले लिया है

बेरंग ज़िन्दगी में खुशियों के इन्द्रधनुषी रंगो को बिखेरो
असली दौलत वहीं खुशियाँ दे पायेंगी, जो उन रंगो को समेटे हैं

इरादों को चट्टान बनाकर देखो, नतीजे अपने आप बनेंगे
हवाओं को तूफान बनाकर देखो, दिशायें अपने आप बनेंगे

85. जाहिल दुनिया के लोगों से क्या रखें उम्मीदे

जाहिल दुनिया के लोगों से क्या रखें उम्मीदे ?
पत्थर दिल के लोगों से क्या रखें तहज़ीबें ?

रब ने लिखा है नूरानी कल्मा से मुक्कदस मोहब्बत को
मोहब्बत के जहाँ में तो फकीरी होती है, लुटने लुटाने को

प्यार की राह में वो सब कुछ मिला जो तसव्वुर में न था
नक़्शे कदम तुम्हारा ही था, जो कहकशां में न था

कितने अरमान जगाये दिल के कोने कोने में
कितने हक़ीकतो को दम तोड़ते देखा दिल के कोने कोने ने

कितने बेनमून सौंगातें मिली है हमें रब से, हिसाब नहीं
हिसाबों की गिनती जो शुरू करे, रक़म गिनना आसान नहीं

दोस्तो की करीबी को कभी न भुलाया, दुश्मनों को तराज़ू से तोला
नफरत जलन से कोसों दूर रखा, प्यार से ही काम को तोला

ऐसे वैसे कैसे कैसे बन जाते हैं गद्दारी की दुनिया बनाते है
ख़ाक में खुद ही ख़ाक बन जाते हैं, मिट जाते हैं मानिन्द जो शोले जलाते हैं

८६. दवा दर्द बनकर रह गई

दवा दर्द बनकर रह गई, दर्द मिटने से पहले
फूल पत्थर बनकर रह गई, ज़िन्दगी मिलने से पहले

आफताब की रोशनी से भी दिल के अन्धेरे दूर न हुए
मौन के आगोश में यादें हमेशा दिल से कभी दूर हुए न

बुलावा कब आयेगा, इसी की मुन्तज़िर में हूँ
सब दर्द कब कटेंगे इसी की मुन्तज़िर में हूँ

मौत वो सच्चाई है, जो न चाहते हुए भी, पल पल करीब बढती है
मौत के सामने तेवर दिखाओं तो वह आँखें दिखाने लगती है

शेर के सामने जुर्रत न दिखाओ तो वह हमला करता हैं
मौत के सामने हथियार डाल दो, तो वह डर जाता है

८7. खूबसूरत परी को, रब ने भेजी ज़मीं पर

खूबसूरत परी को, रब ने भेजी ज़मीं पर
तुम्हारा बचपन जवानी का मेहमान बना

फरिश्तों ने तुझे सच्चा किया, और रब ने भेजा फरमान
तुम्हारे आने से खुशीयों के मेले कभी हुए न कम

मेहफिल यूँ ही जगमगाती रही, तुम्हारी मासूमियत से,
बगिया यूँ ही खिलती रही, तुम्हारी किलकारियों से

तुम दिल दिमाग़ से आज़ाद थीं, एक ताज़ी खुशबू की तरह
हँसी के फव्वारे और अनार हरदम जहाँ तहाँ फूटते

खुशीयों की गहराईयों में रिश्तों क़ी नजदीकियाँ दिखाईं
फूलों की पँखुडियों में लिपटकर, तरंगो की शहनाईयाँ बजाईं

पुरबहार बगिया में आई तितली, फूल फूल जहाँ हो गया
लचकते शाख पर आई बहार, महेक महेक जहाँ हो गया

४४. तुम्हारी यादों में खोकर जहाँ को भूलाये जा रही हूँ

तुम्हारी यादों में खोकर जहाँ को भूलाये जा रही हूँ
तन्हाई और खामोशी के सहारे दिल को लगाये जा रही हूँ

तुम्हारी चुप्पी ने मेरे दिल के ज़ख्मों को हरा कर दिया
इस ग़रीब के दिल से सारी चराग़ो को बुजा दिया

मेरी दुनिया तो अब एक सुलगता वीराना बन गया
पुरबहार फिज़ा में भी अब तो बहार जलने लगा

मैं अपनी खोई मंजिल को तलाश करूँ भटक भटक कर
मेरा ग़म ही तो अब मेरी ज़िन्दगी का सरमाया है, ज़ाहिर बनकर

मैं अपने नाकाम दिल के जज़्बातों को तुम पर चढ़ा चुकी हूँ
मुझे अन्धेरे में जीने की आदत हो चुकी, उजालो का शौक़ खो चुकी हूँ

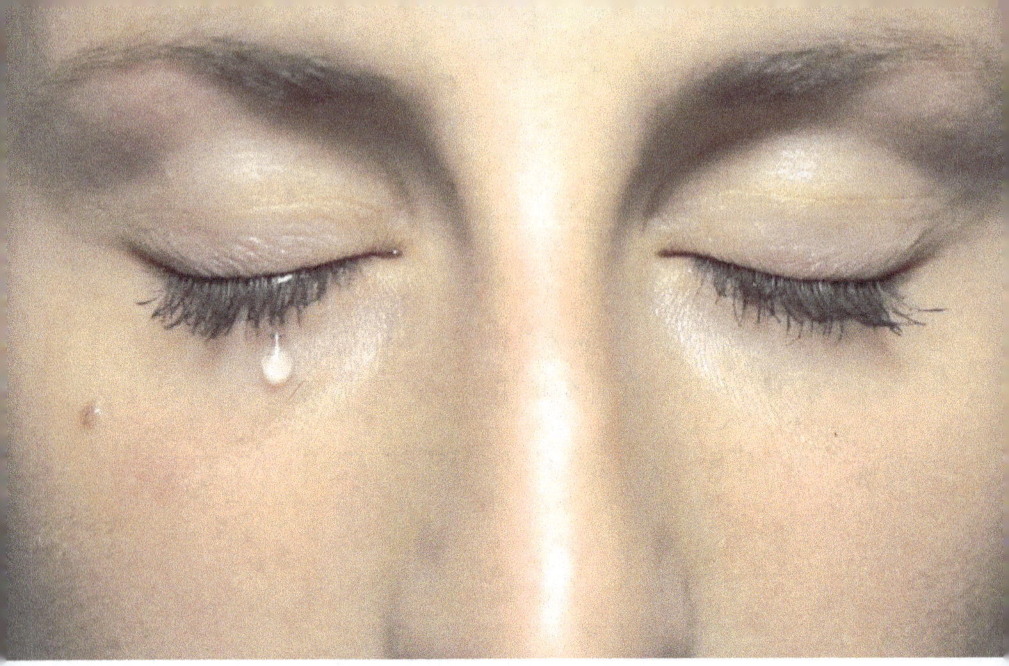

८९. तुम्हारे दर्द में तुम्हें बहलाने की बेशुमार कोशिशें थीं

तुम्हारे दर्द में तुम्हें बहलाने की बेशुमार कोशिशें थीं
तुम्हारे साथ मिलकर रोना, दर्द का हल्का होना था

मुझे रंज नहीं कोई पल पल जो साथ बाँट पायें
मुझे पता नहीं अब इस ग़म की राहों को, क्या काट पाये

हालात की उलझनों को सुलझाते जिन्दगी आ गई है आक्सार पर
ज़िन्दा होते हुए भी हालास के टुकड़ों में रह गई बँट कर

सूनेपन का माहौल अब तो दिल में घर कर चुका है
बहाने कितने भी हो दुनिया के, जीने की आदत बन चुकी है

रब के बेहतरीन नज़्म तक पहुँचे, खामोश सीढ़ीओं को पार कर
आँखों से बहता रोके नहीं रुका आँसू जब दिलों के अफसाने सुने

90. ये घर ही मेरा इबादतगार है, मेरी पनाह का महल है

ये घर ही मेरा इबादतगार है, मेरी पनाह का महल है
यहाँ हर कोना दानिश है, हर दीवार मौसिकी है

वो तकदीर कहाँ से लाउँ? तुम्हारे दर्द के आँसु पी सकूँ
तुम्हारे दिल को सुकून दे सके वो लाज़मी दवा कहाँ से लाऊँ?

दुनियादारी ताफरीह फितरत में नहीं मेरी ज़िन्दगी साकीत जो है
मन की मिट्टी ही खज़ाना थी मेरी, बन्दगी फकीरी जो है

लय और सुर रब की रहमत और बरकत से जो है
उसे पा लिया है तो सब कुछ मिला मुझे जो है

कलियों को बहारों से बेटी का प्यार अगर न मिलता
बहारों में बहार का तालिस्मी सिलसिला कभी न होता

91. हमारी मर्ज़ी के खिलाफ

हमारी मर्ज़ी के खिलाफ हमारा दिल कोई दुखा नहीं सकता
हमारी मर्ज़ी के खिलाफ हमारा दिल कोई चुरा नहीं सकता

रंगीन ज़िन्दगी के सपने आँखों में सजाये रखना
खिसकते हुए हर पल को दिल से जोड़े रखना

आँखें दिल का पता बताती हैं उनमें कुछ भी छुपता नहीं
दिल पर जब ज़ोर नहीं चलता, तो आँखें पता बताती हैं

सक़ाफत की दूरियों को मिटाना आसान नहीं होता
एक ही तसरीफे की कड़ी दूरियों को मिटाने में नासिर होता

शहरी चोट मजरूह दिल को सदमे के अवसाद में ले गई
मुझे यकीन हो गया था मेरी झोली में रब ने इतना ही दिया

92. फूल हर रंग में खूबसूरत होता है

फूल हर रंग में खूबसूरत होता है
प्यार हर रंग में खूबसूरत होता है

खुशियाँ मनाने के मौके तो रोज़ बनते है उन्हें देखना ज़रूरी है
सपनों के हम अगर कीमत आँकने लगे तो वो सपने ही क्या हैं

सितारें कितने करीब थे हमारे, जैसे हमें जवाब दे देंगे
आफ़ाक कितने दूर थे हमारे, जैसे कभी हमें मिलने न देंगे

तुमसे मिलती रही मैं, तुम मुझसे मिलते रहे
खुद से मिलते रहने का एहसास होता गया मुझे

बेवजह गुनगुनाने लगे थे बेवजह मुस्कुराने लगे थे, अकेले में
दिन, महिना, फ़िज़ा का हाल खुशनुमा था अपने में

९३. पैसा और शोहरत किसीके पास चलके नहीं आते

पैसा और शोहरत किसीके पास चलके नहीं आते
बन्द तक़दीर का ताला खोलने लोग रब से मिन्नतें करते

बचपन की वफादारी एक ज़िद बनकर जुनून बनती है
दिल कितना भी पत्थर का हो, उसमें दरारे ज़रुर आती है

इन्सान के बुरे वक़्त में बाजियाँ पलट जाती हैं
जीने की अटूट तमन्ना होती है, पर मौत दरवाज़े पर दस्तक दे जाती है

राख में कभी चिनगारी नहीं लगती शोलों को बुझाती है
दिल में कभी आग नहीं लगती, फिर भी राख हो जाती है

किसीकी दुआ जब असर करती हैं, क्या कुछ नहीं हो सकता
यादों के मेले जब लगते हैं, खव्वाबों के रेले को कोई, रोक नहीं सकता।

उड़ाके खाक सूरज को कोई अन्धा कर नहीं सकता
दिल के अमीर महेल को कोई तबाह कर नहीं सकता

९५. क़ायनात के हाक़ में दूर दूर तक अन्धेरा है

क़ायनात के हाक़ में दूर दूर तक अन्धेरा है
दिल के खाई के अन्दर दूर दूर तक अन्धेरा है

मैंने तुम्हारी ज़िन्दगी की भीख रब से माँगी है
जन्नत से तुम्हें फिर वापस बुलाने की अरज़ी माँगी है

कोई ज़िन्दगी को इतना अच्छा खेल जाये, के खुशी के आँसु आये
कोई धनक के ख़्वाबो को हक़ीक़त बनाये, के खुशी के आँसू आये

आज भी मैं छुप छुप तुम्हारी आँखे पढ़ती हूँ पढ़ती रहती हूँ
आज भी तुम्हारे - ईमान के सिक्कें से सच्ची दोस्ती बनाती रहती हूँ

जब तक मेरी ख्वाहिशें तुम्हारी लहरें बहा न लें, किनारा नहीं
जब खुद सावन के झोंके आते हैं, मेरी नज़रे तुम्हारी शोखियाँ ढूँढ लेती हैं

९५. मुझसे खो गये तुम तुम्हारी, यादों में मै गुम

मुझसे खो गये तुम तुम्हारी, यादों में मै गुम
रातें कटती तारे गिन गिन, चाँद का चेहरा सुनमुन

हँसते हैं दिन मुझपे रातें दे जाती हैं दर्द के पीरीका भय
शब्द गुमशुदा से कानों में, आवाज़ो के शोर का भय

तुम्हारी यादों का पहरा था हवाओं में फिजाओं में नज़ारों सें
मेरी साँसो पे पहरा था बातों का, चिट्ठीओं का, किताबों का

रब से पूछना है छीना क्यूँ तुम्हारा दामन मुझसे?
रब से शिकायत है चुराया क्यूँ तुम्हारी मुस्कान मुझसे?

मालनिया से जाकर कहना, गेंदा गुलाब हरवा सजा के ले आयें
आज मेरा मिलन 'सजन' संग होने को है जाये

९६. मौत का डर

मौत का डर ज़िन्दगी के पल पल के डर से शुरू होता है
गुलाब का फूल कुछ पल का होता है, काँटों का एहसास अक्सर होता है

दुनिया के दर्द के बादल कुछ समय के बाद फिर आकर टूटते हैं
दिमागी रवानी का तूफान कुछ समय के बाद आकर टकराता है

नियम तोड़ने में जुर्माना जरूर होता है दिल तोड़ने में नहीं
सर तोड़ने से सज़ा होती है, किसीका भरोसा तोड़ने से नहीं

इन्सान इन्सान को रोंधता हुआ क्यूँ आगे बढ़ रहा?
इन्सान क्यूँ दस्तो-दराज़ी के बोझ तल कुचला जा रहा?

इन्सान शक्ल से तो दिखता है इन्सान, जो रबने बनाया?
पर क्यों उसने अपनी गंदी शक्ल को कमी आईने में नहीं देखा?

97. आरसी में तुम्हें कायम छुपा के रखा है

आरसी में तुम्हें कायम छुपा के रखा है
जब भी चेहरा देखती हूँ तुम्हीं को देखती हूँ

मारूफ थी तुम्हारी हर अदा, सोच ग़ैर मामूली लफ़्ज़ी थी
मीराजे-दानिश का सबूते-अता, कामयाबी के फतह पनाह से थी

मेरे सबसे अच्छे दोस्त बनकर सबसे अच्छा तोहफा दिया
खिज़ा के सूखे दरख़्त को जैसे किसी ने मियार से छू लिया

रंग रंग में बाहोश कबीर डूबे, पलक, पलक पर बेसब्र इन्तज़ार
तुम जो नहीं कुछ भी नहीं, अब मैं जहाँ को क्या करूँ लेकर?

मेरे 'रब' के आने से मेरा 'सोहना' आसमां पुरबहार हो गया
जब गुलशन में बुलबुल चहकी, देखा तो सब तरफ बहार आ गई

18. रास्ते कई बार तसव्वुर से आगे भागते हैं

रास्ते कई बार तसव्वुर से आगे भागते हैं
और पाँव रास्तों से भी आगे भागते हैं

कदमों पे मेरे बादल भटक गये, तूफ़ानो ने मुँह मोड़ा
खुशहाली के लिए हाथ फैलाये, आसमां ने दामन भर दिया

चाँद तारे खेल रहे थे मेरे दरमियान, बाहोश थे मेरे साथ
मेरे दामन को थाम के सुबह चलने लगे, मुहाजिर थे मेरे साथ

ख़्वाब ख्वाहिशें हवा से बाते करने लगे थे, तुम्हारे आने से
जज़्बाते लहरों के बज़्म में तैरने लगे थे, तुम्हारे आने से

ज़मी खामोश थी आसमां शर्मिला था, जब हम मिले थे
जुगनू टिमटिमा रहे थे लहरें टिमटिमा रहीं थी, जब हम मिले थे

११. दिन डूबा था, रात सोई सोई थीं

दिन डूबा था, रात सोई सोई थीं
सुबह की लाली भी खोई खोई थी

हादसों की रंजिशों ने लूटा मेरे किस्मत का सितारा टूटा
हर रोज़ आने वाले तूफानो को देखती, आसानी से रब उससे हिमायत करते

रगों में दौड़कर इश्के यादों की रफ्तार को बढाये जाते हो
साँसों में तुम बस जाते हो, मुक्कमल फितरत बन जाते हो

दिल को बहलाने सादा ख्याल तो सिर्फ तुम्हारा आसपास होना था
शजर था वो प्यार का जिसके शाखों पर हर फूल तुम्हारा था

तुम्हें जो मेरा अपना होना था, कोई रोक न सका
'रब' की सच्ची दुआ मुझ पर थी, कोई रोक न सका

100. मेरी झूरीयोवाले हाथ पर, हाथ रख दो, तसल्ली हो जायेगी

मेरी झूरीयोवाले हाथ पर, हाथ रख दो, तसल्ली हो जायेगी
कुछ कहते हुए भी कुछ न कहों, ताज़ीयात हो जायेगी

बात करने से अगर मन हल्का होता कितनी बाते कर लेते
रोशनी फैलने से अगर दिन होता, जूगनु को मैं साथ रख लेती

रोज़ रात जब यादों का पहाड़ टूटकर बिखरता है, हार जाते हैं
रोज़ जब बाउन्सर आते हैं चुपचाप उसे जाने देते है

चेहरे की चमक, जाने के बाद, दिल की चमक दिखती है
आँखों में हँसी की चमक, जाने के बाद, चाँद की चमक दिखती है

जब कभी जंग ज़िन्दगी बचाने की होती है, मौत की शिकस्त होती है
जब कभी सुलह प्यार की होती है, नफरत की शिकस्त होती है

101. उनकी साज़िश से ठेस लगी

उनकी साज़िश से ठेस लगी, जो वफादारी सलाहिय्यत के कस्में खा चुके थे
उनके रास्ते, रेतों के थे और चेहरे धुँधली सियाही में चमक रहे थे

मैंने दिल की ठान ली थी, परवाह नहीं थी जो भी हो
करके बेतहाशा, इस दिलने बिजली बनकर टूटने की कसम खाई थी

जब बेवफाई का पहाड़ खैर-ओ-अफियत पे टूटती है, ज़िक छा जाती है
जब इन्तक़ाम ही मकसद बनता है, तो वह की गई नेकी भूल जाते है

अपनी ज़िन्दगी से और दिल से ज़ाबून जज़्बातें निकाल चुके थे
अब ज़िन्दगी की ढलती घड़ियों मे उनका कोई मतलब नहीं था

प्यार एतबार मोहब्बत वफा, इश्क के रूहनियत तक पहोंचाती है
धुप अन्धेरी रातों को टटोलकर, रोशनी कहाँ आ पाती हैं?

102. क़ामायाबी का गुरूर दिमाग पर नहीं चढने देना चाहिए

क़ामायाबी का गुरूर दिमाग पर नहीं चढने देना चाहिए
कामयाबी की ऊँची चोटी पर, पाँव ज़मी पर होना चाहिए

जो खुद को वफा से मिटा नहीं सकते, वो मंज़िले मकसूद पा नहीं सकते
ताक़त और गुरुर का शीशा टूटता है जब मंज़ूरे खुदा होता है

अमाल प्यार, पत्थर दिलों को भी पिघलाता है
बुज़ुर्गों का सिर्फ होना ही बरगद की छाँव देता है

एक मासूम, कागज़ की कश्ती बारिशों के नहर में डोलती
एक मासूम आँखों की हँसी, नदी के चिलबिलापन में बढ़ती

आनेवाले कल के लिए हरदम दरवाजे खुले हुए थे
दूर से उसकी भनक सुनते ही, राहों में फूल बिछाये थे

103. मैं हरदम पूछती थी

मैं हरदम पूछती थी, बहोत समय है ना हमारे पास
हम-साथ साथ जीयेंगे, दुनिया की सैर करेंगे

मन मना लें तो कोई मंजिल दूर नहीं होती
आँखों में चेहरा छुपा लें, तो हर बात इज़हार होती

जब तक तुम्हारी याद में बूँद बूँद मैं जल न लूँ, चैन नहीं
जब तक तुम्हारे साथ में तारों की दुनिया चल न लूँ, चैन नहीं

जब तक तुम्हारे हर लम्हें में मर न लूँ, जीना नहीं
जब तक तुम्हारे अपनेपन को आँखों से पी न लूँ, जीना नहीं

सौ दफह तुम्हें पढ़ चुकी, फिर भी पढ़ना चाहती थी
हज़ारों सवेरे लिए तुम आ गये थे मेरे जहाँ के आगोश में

104. तारों की बरसात जो जमीं पर हो तो कैसा हो?

तारों की बरसात जो जमीं पर हो तो कैसा हो?
चाँद अपनी खुशबू ज़मी पर ढाये तो कैसा हो?

रब के हाथ तो हमें बरकत देने क़े लिए उठते हैं
पर हम बदनसीब, इन्साअल्लाह कहाँ ये देख पाते हैं?

मैं माटी को रंगकर छोटे छोटे आशियाना बनाऊँ
मैं आसमां को रंगकर छोटे छोटे ग़ुब्बारे बनाऊँ

मैं शजर ऐसे उखड़ी के फिर माटी से जुड़ न पाई
मैं शहर ऐसे उजड़ी के फिर दिल से जुड़े न पाई

लाखों बारिशों की प्यास क्या उड़ते बादल बता पायेंगे?
हजारों सपनों की आस क्या नींद भरी पलकें बता पायेंगे?

105. गीत जो मैं यहाँ गाने आई वह अधूरा रह गया

गीत जो मैं यहाँ गाने आई वह अधूरा रह गया
मैं अपने साज़ को हर पल सुर से मिलाती रह गई

जहाँ की खूबसूरती पर निसार है मेरी सभी हिस्स
आँसमां से जमीं तक फैले नज़ारा मे है आरजू तुम्हारी सिर्फ

जब से मिली हूँ तुमसे, मुस्कराहट के फव्वोर छूटने लगे
जैसे उल्हड़ नदी सी मैं बलखाली उछलती चलने लगी

जो जग से कहा न जाये वो मैंने तुमसे कहा
मेरा नाज़ुक सा मन कहीं नहीं रूकसत हुआ

पलट देते हैं, हम मौज़े हवाओं को अपनी जुर्रत से
के हमने आँधीयों में भी चराग़ को जलाये रखा

106. तुमने, अपनों को छोड़ दिया, तुम्हारा अपना तुमसे छूट गया

तुमने, अपनों को छोड़ दिया, तुम्हारा अपना तुमसे छूट गया
धड़कने रूक तो ज़रूर गई, अरमान अपनों में ज़िन्दा तो रहा

तुम्हारी आँखों में जो गम झलकता था, मिटाने की कोशिश की
मन पर जो चोट लगी थी, आज भी मिटाये नहीं मिटती है

फूलों की संगत में रहने से ज़िन्दगी अनगितन रंगों में रंगती है
बादलों की यादों में खोये रहने से ज़िन्दगी को फुहार मिलती है

टूटते तारों के करोड़ो दिल मेरी साँसों में बसे हैं
गीतों के अनोखे ज़ज्बातों में मेरी रूहे मकाम में बसा है

उड़ते गर्द के बीच, सूखे पत्तों की रवानियाँ लाशों जैसे
जलते शज़र के बीच, जिन्दगी की खुदखुशीयाँ, मकबरों जैसे

107. दुनिया मोम सी जज्बातों को ठुकराती है नफरत से

दुनिया मोम सी जज्बातों को ठुकराती है नफरत से
दुनिया होशमंद यकीनो को छीनती है, एक अलग पहचान से

चेहरा मुखौय बदलने से नियत नहीं बदलती
बिन बादल बारिशों में बिजली नहीं चमकती

ज़िन्दगी की राह में दर्द को बाँटतें चलो
कितना भी गम या खुशी हो मिलके सहते चलो

ज़िन्दगी की सांझ की गलियों से गुज़रते, सुबह तो रोज़ याद आते
दोपहर, जो ज़िन्दगी को समझते तो ताप को भरपूर जी पाते

दिल की ज़मीं को खुला, रखो बातचीत आसान हो जायेंगी
दरख्तों के शाखों पर कोंपले खिलें गर, मौसमे-सब्ज़ज़ाह हो जायेगी

108. तक़दीर से बढ़कर विश्वास होता है, बिना तक़दीर इतिमाद

तक़दीर से बढ़कर विश्वास होता है, बिना तक़दीर इतिमाद
विश्वास हीं चट्टानों को हिलाता हैं, तूफानों का रूख बदलता हैं

वक़्त से पहले और तक़दीर से बढ़कर किसको मिला है?
ज़ख्म हो या फिर रिश्ता, संजोके रखने में ही रसीदगी हैं

विश्वास हमारे दिली जज़्बातों का कभी तमाशा नहीं बनाती
खुशी के आँसू दिली जज्बातों को कभी धोखा नहीं देती

दिल की आवाज़ को जो सुन पाता है, उसका सर आसमान से भी ऊँचा होता है
कारवाँ जब सामने से निकल जाता है, उसके पीछे हश्र का गुबार छोड़ जाता है

आँसू और खुशी की कोई भाषा कोई मज़हब नहीं
ज़िन्दगी और मौत की कोई सरहद कोई निहायत नहीं

109. तुम्हारे दुश्वार इबारात, पहाड़ की चोटी पर ठहरे हल्के बादलो से

तुम्हारे दुश्वार इबारात, पहाड़ की चोटी पर ठहरे हल्के बादलो से
तुमने जो दिलके तारों को छेड़ा, तरंग बन गये मधुर सुरों से

मैं वो सुमसान पगदंडी हूँ जो ऊँचे पहाड़ों की गोद में बसी हूँ
मैं वो झुके बादल हूँ जो बरसात की बूँदे खो चुकी हूँ

तुम्हारी आवाज़ सुनते ही मिल जाता है सुकुन दिल को
मेरी खुशियों का आवाज़ भी कितना सुरीला है, दिल को

ज़िन्दगी को जीने का सलीका मौसिकी ने बना दिया
नदी के उभरते ही जैसे उसने रास्ता अपना बना दिया

तुम आओ सितारों के कहकशां से चमन बर
हम आयें फूलों की डोलियों की हवाएँ लेकर

110. मेरा तुम्हारा रिश्ता

मेरा तुम्हारा रिश्ता जन्मो-जन्म का समुंदर से बादलों सा,
मेरा तुम्हारा बिना शर्त का, फूलों से भँवरे सा

जब कुछ भी नहीं था ज़िन्दगी में तब तुम थे
अब सब कुछ है ज़िन्दगी में और तब तुम नहीं

खाली पन्नों की तरह अब ज़िन्दगी बिखर रही है
हवाओं से उड़ते सूखे पत्तों सा ज़िन्दगी निसार हो रही है

बिना किसी रार्तों के ज़िन्दगी को बाज़ी लगाना था
हर निशाने को चूककर तुम्हें जीतना था

गुजरता पिघलता हरेक लम्हा तुम्हारी पनाहों के हवाले में
भागता भीगोता हरेक लम्हा धनधोर बारिशों को फुहारो में

111. जादू है पहाड़ो पे टहलते बादलों का, खुशबू है वादियों में खिलते फूलों का

जादू है पहाड़ो पे टहलते बादलों का, खुशबू है वादियों में खिलते फूलों का
फ़िजा के मचलने से फूल झड़ने लगे, झरनों के गिरते तरंगो में जलतरंग बजने लगे

दर्द में राहत के मरहम ही इन्सानों की फितरत होती है
नफरत चाहत के कदम चूमती है इन्सानो की फिसरत से

धुँधले शाम के चम्पई अन्धेरे, रात के बदन से सटके, चलती है
तारों भरी चुनर कश्तिओं में, रात नम पलकों से, दबे पाँव आती है

जहाँ मंज़िल ढूँढने की चाहतो में, दिले-पुरजोश से इश्क होता है
जहाँ बात मुक्लमल बनती है वहाँ इन्तहाई इश्क होता है

112. 'सा' का सुर लगाते, 'नि' के गुण तक पहुँच गये

'सा' का सुर लगाते, 'नि' के गुण तक पहुँच गये
'नि' के जुस्तजू में खुदाई एक तलाश बन गई

मिराजे-हुस्न की इबादत जहाँ में होती है
मिराजे-मौसिकी को तामीज़ जहाँ में होती है

प्यार के हर क़दम पर किसीको कुर्बानी देनी होती
कुर्बानी की हर कदम, पर शुक्रे-करार नहीं होती

तुम्हारी नज़र, मेरी गुलाबी चुनर को और रंगीन कर गई
नज़ारों के रंग भरे बादल मेरे आँगन में बौराई कर गई

आँगन में ठंड की नरम गरम धूप जब आती है,
सोना सोना हर कोना छा जाता है, लम्बे साये छा जाते है

113. हर आनेवाले कल को आज लिखना है, प्यार के कलम से

हर आनेवाले कल को आज लिखना है, प्यार के कलम से
हर जानेवाले कल को आज भुलाना है, रश्क के पनाहों से

मदहोशी के आलम में दिल, जहाँ डूबा जा रहा
मियार सैलाब के बहाव में दिवानगी डूबी जा रही

मुझे हर पल तुम्हारी जरूरत, छाँव की तरह महसूस होती थी
मैंने सातों ज़िन्दगी भरपूर जी लिया, सलामत दोस्ती महेसूस होती थी

तुम्हारी मेरी बेमिसाल कहानी याद करेगी दुनिया पल पल
तुम्हारी मेरी बातें सुहानी, नज़ारो में जायेंगी धुलमिल

बैचेन सी शख्सीयत हूँ मैं, मुझे नींद में चलने की आदत है
जो शामें ढलते सूरज को देखा करती थी, आज हाईराइज़ में डूब गई हैं

114. गुलाब की पंखुड़ियों सा प्यार

गुलाब की पंखुड़ियों सा प्यार मेरे आसपास सजी हुई सी
सोना पिघला था खुमार का, आसमान रंगीला था बयान का

चाँदनी की किरण नर्म ख्वाहिशो को चूम रही थी
रात के ढ़लते हलते ज़राफ के गपशप फूट रहे थे

तुमसे जबसे मैं मिली मेरी किस्मत जग गई थी
फूलों को रोशनी ओर सितारों को महक मिल गई थी

मैंने बिछाई पलकें तुम्हारे हर कदम पर हर मुस्कान पर
मैंने सजाये झरोखे तुम्हारे हर मुक्कम्मल खयालों पर

जब सूरज आँखें मूँदत्ती है तब सजके निकलती हर रात
जब तारों की चुनरिया ओढ़ती तब शरमाता हैं दूज का चाँद

115. तारों की चाहत आसमां से, फूलों की चाहत शबनम से

तारों की चाहत आसमां से, फूलों की चाहत शबनम से
सावन की चाहत बादल से, नदिया की चाहत सागर से

सपनों ने चुन लिया तुम्हें इन आँखों ने तुम्हें चुना
धड़कनों ने चुन लिया इस दिल को, दिल ने तुम्हे चुना

साँसों में तूफान लेकर आ गयी थी मैं, साबिर तमन्ना थी
सावन को बाहो में लेकर आ गयी थी मैं, बारिश की तमन्ना थी

मेरा हर दिन तुम्हारे बगैर अधूरा है बेइन्तीहा रास्ता
मेरा हर जीत तुम्हारे बगैर अधूरी है, बेवफा दास्तान

ऐसी हसीन यादें तुम छोड़ गये, अब उन यादों के सहारे जीने की जौलानी भी गये
क़तरा क़तरा साँसे ले रही हूँ मैं, एक ज़िन्दगी में कई ज़िन्दगी का सामाना कर रही हूँ मैं

116. अपनी जगह बनाओ, खुद को बुलन्द करो

अपनी जगह बनाओ, खुद को बुलन्द करो
अपनी पहचान बनाओ, खुद को बुरहान करो

उम्र हर दिन, हर साल आने जाने का नाम है
उम्र हर पल, हर घड़ी ग़म और खुशी का तराना है

हीरा बनने के लिए घिसना, सबको नहीं पता होता
सोना बनने के लिए पिघलना, सबको नहीं पता होता

ज़िन्दगी आगे बढते रहने का नाम, पीछे मुड़कर देखने का नहीं
पलक झपकते ज़िन्दगी बदलती है, एहतियात को पीछे छोड़ना नहीं

तकरीब को पैरों से कुचलना सीखो, गरदिश के तसलसुल से निकालना सीखो
आस में मुसलसल जीना सीखों, बीते दिनों को भूलना सीखो

मौत आने से पहले कोई कैसे मर सकता है?
बेहूदा नाजायज़ एहसासे-मौज जब किसी को डुबोता है

117. एक सितारा ऐसा चमका, रोशन हुआ जहाँ सारा

एक सितारा ऐसा चमका, रोशन हुआ जहाँ सारा
पूरब से पिश्चिम तक, पयाम हुआ मफरूज़ सारा

दिल को छूने वाली बात से किसी का भी दिल भर आता है
इन्सानियत को जोड़ने के रिश्ते से, किसी का भी इज़-आन हो जाता है

मेरी जान किन बेकार दुनियादारी में उलझ गई है
मेरा तन मन किन नाचीज़ मुफ्फकीर में अटक गया है

ये फलक, ये फिजा, है गवाह हमारी हमराही होने का
रूह में धुल रही है रूबाई का क़तरा क़तरा, सराबोर होने का

ज़िन्दगी को एक मुक्कमल मदार का चेहरा दिया
ज़िन्दगी की तस्वीर के हर कोने को अनोखा वजूद दिया

118. मिट गई दूरियाँ दुनिया राहगीरो, राहबरो के बीच

मिट गई दूरियाँ दुनिया राहगीरो, राहबरो के बीच,
बढ गई दूरियाँ प्यार, ऐतबार वफादारी के बीच

चेत रे मन चेत, कब ज़िन्दगी थोड़ी सी बुलन्दी पाकर उड़ जायेगा
रूक रे मन रूक, कब मज़हब थोड़ी सी सबक़त पाकर टकरा जायेगा

हम जीते हैं कि, हम प्यार के सभी रंगों को जी पायें
और जब हम प्यार में सराबोर हो जाते है तो हम जी पायें

सुरो के बागान में कितने पंछीओ का आनाजाना कलशोर
अनदेखे सुरो में लबरेज़ अनसुने नज़ारो में रवानगी का शोर

जादू का परचम जो चल पड़ा तो हैरान देखते रह गये
परस्तीश का तूफान जो चल पड़ा तो इश्क में सब डूब गये

119. रब सबसे बड़ा दानवीर है

रब सबसे बड़ा दानवीर है, हमारी सोच के फासलों से परे
खैरात ऐसे बाँटता है जैसे चुटकियो के खेल से परे

रब के कुदरती सुकून से दिल को ठंडक मिलती है
रब की दी हुई कुदरती तोहफों का मोल देना मुश्किल है

सारे, रास्ते, रब ऊपर से ही, बना के दिखाता था
हवाएँ आज़ाद थी दिशायें खुद बखुद बना देती थी

अच्छा और बुरा वक्त कभी टिकता नहीं, गुज़र जाता है
लगता अगर एक कदम का भी साथ किसी ने दिया, तो वह अच्छा है

प्यार, वफा फैयज़ान लौटाते कुछ भी उधार नहीं रखना
चातक की तरह जीते, फुहार की बूंदबूंद को रहम समझना

120. तुम्हारे आने से दर्द का इलाज खुद-बखुद होता है

तुम्हारे आने से दर्द का इलाज खुद-बखुद होता है
तुम्हारे चले जाने से हर शाम एक दर्द सा होता है

रब ने जिसको बनाना हो उसे फुरसत से प्यार से बनाता है
सच्ची लगन जिसे नसीब हो, उसे इश्के-समंदर बनाता है

खिलते मुस्काते फूलों पे नाज़ उठाने का मौसम आ ही जाता हैं
बहारों लहरो से गुदगुदी से जगाने का सूरते हाल आ जाता है

मुलाक़ात से अलविदा कहने तक, सिलसिलों का ज्वार, आता है
गुलों के साये से बहार के ज़माने तक, सिलसिलो का रूख चढ़ता है, उतरता है

बदरा के अनोखे साये में खिला चश्म, मन को भाता है
उड़ती हवाओं के परों पर लिखा नज़्म, मन को भाता है

121. रब्बानी करामत में देर होती है पर कभी अन्धेर नहीं

रब्बानी करामत में देर होती है पर कभी अन्धेर नहीं
रब से हमे मिलाने का इबारत अलग ही सोच होता है

ग़िरने से जब हम डरते हैं, हमारे पंख परवाज नहीं होते
हर छोटे दर्द के बोझ से हम डरते है, हमारी हिम्मत कावी दिल नहीं होती

ज़िन्दगी में मनतिक हो न हो, रब सब कुछ सही करता है
रब हर इन्सान में होता है, सिर्फ देखने की नज़र से ही मिलता है

रब की परवानगी के बिना एक पत्ता नहीं हिलता
रब के करीब करम के बिना कोई लहर नहीं बढ़ता

दिल के नरम जज़्बातों में है रब की तख़्त-नशिनी
दिमाग़ के ढोस समझ से रब बहोत दूर का वजूदे-निशानी

122. आनेवाली मौत की घड़ियों को, क्या हम टाल सकते हैं

आनेवाली मौत की घड़ियों को, क्या हम टाल सकते हैं
मौत और प्यार नहीं थोपा जाता, न ही खरीदा जाता है

ज़िन्दगी के मनसूबे से सीखक़र ज़िन्दगी सहज हो गई है
तितलीयों के रेशमी पंखों को आँखो से छूकर, बन्दगी सँवर गई है

ज़िन्दगी गुलाब है, छूते ही काँटे लगते हैं, खूबसूरती कम नहीं होती
किस्मत प्यार है, छूते ही उसे बदलता है, तरगे कम नहीं होती

'साधना' आज भी जारी है, मुक्करर, बन्दगी में जीने का
क़ुदरत को इन गहन सुरों को नज़दीकी से मन में पाने का

जिया में लगे हैं आन बान, बहोत दिनों देखे तुम बिन
कौन डगर है जाना अब तो, दिन दिन राह तक़त तुम बिन

123. तुम्हारी मोहब्बत

तुम्हारी मोहब्बत, ज़िन्दगी मौसिकी, शायरी में सबसे जुदा थी
तुम्हारी मोहब्बत हर रिश्ते से ऊपर उठकर बन्धन से जुदा थी

रूहानी रिश्ता हमारे दिलों और गीतों में छिपा था
मखमली ख्वाब हमारे पलकों और साँसो में छिपा था

अजनबी रास्तों के चौराहे पर जुड गईं हमारी राहें
सुरों की उड़ान के पंखों पर तैरने लगी हमारी ख़्वाहिशें

फूलों से हँसी, शबनम से खुनक़, शफक़ की लाली को देखा
बातों से अहम, नफासत से लाजमी, दोपहर को बेहयाई को टोका

मन्ज़र के अटरिया पे, मौसिकी ने बारीक लफ्ज़ लिखे थे
पहाड़ो की गोद में, छोटी छोटी घरों की चिठ्ठियाँ लिखे थे

124. अर्ज़े-नियाज़े इश्क के काबिल न रहा

अर्ज़े-नियाज़े इश्क के काबिल न रहा
जिस दिल पे नाज़ था वो दिल, दिल नहीं रहा

तुम मुझे छोड़कर क्या कुछ नहीं ले गये ?
रहम का सागर छलकाकर क्या कुछ नहीं ले गये ?

मुझे बावरी बना के तुम कहाँ क़ाफुर हो गये
अबीर गुलाल के बादलों में तुम कहाँ गुम हो गये ?

पता नहीं कब ज़ज़्बातों के रंग मुझ पर चढ़ गये
केसरी रंग के बादलों के टोले घिर घिर कर जब आते गये

125. सोचती थी आसमां को रंगों से भर दूँ

सोचती थी आसमां को रंगों से भर दूँ
सोचती थी ख़िज़ा को फूलों से भर दूँ

मोतियों के हारों का मेला लगा था ढलती शाम के आसमां तले
मस्ती के लहरों का डेरा लगा था ढलती शाम के साहिल तले

धूप दौड़ रही थी जंगल के दरख्तों के बीच हिरनी सी
यादों की बारात गुज़र रही थी तारों के बीच, कहकशां सी

फूलों के बाग़बान सूख जाते हैं, प्यार से अगर सींचा न जाये
ज़िन्दगी का शजर सूख जाता है, हँसकर अगर जीया न जाये

एक रिश्ता अपनी ओर डोर से खींचा जा रहा है
दसों दिशाएँ बुला रही हैं अपनी ओर, फिजाओं में लिए जा रहा है

126. मेरा अपना फलक था, तारे अपनेआप चुने मैंने

मेरा अपना फलक था, तारे अपनेआप चुने मैंने
मेरी अपनी नदी थी, अपने किनारे चुने मैंने

मेरी अपनी हिम्मत थी मेरे अपने मुश्किलात थे
मेरी अपनी जहाँ थी, मेरे अपने नज़ारे थे

मेरे अपने ही तो थे जिन्होंने मुझे डुबोया था
मेरे अपने ही तो, थे जिन्होने भरोसा तोड़ा था

अपनों का वो संबंध दिखावा बनकर नोंच गया
अपनों का वो सम्बल किनारा बनकर टूट गया

127. रब की आवाज़ हमारे अन्दर है

रब की आवाज़ हमारे अन्दर है, हमारी रूह की आवाज़ है
रब की आवाज़ से हमारी सोच जुड़ जाये, तो वल्लाह क्या बात है

नूर दुनिया में रबे आफताब से फैला है, हरेक रेजाह में
फूल दुनिया में रबे गुलज़ार से फूला हैं, फैंला दर दर में

प्यार की थोड़ी सी बूँद भी किसीको कितना खूबसूरत बनाता है
एक मीठी सी हँसी भी किसी के दिल को गुलज़ार बनाता है

दिल में थोड़ी सी जगह खूबसूरती से सजा लो
सावन मेघ फुहार, मदहोश आबशार में नहा लो

कौन यहाँ क्या दे जायेगा, क्या ले जायेगा?
इन सब का हिसाब छोडों, उलझन क्या दे जायेगा?

128. तारों की बारात लेकर चँदा कब आयेगा, मेरे अँगना

तारों की बारात लेकर चँदा कब आयेगा, मेरे अँगना
पहाड़ो पर बादलो को लेकर कब फिरदौस बनेगा मेरा अँगना

तुमको पाकर खुद को पा चुकी हूँ मैं, बेरूख दुनिया से
हवाएँ गाकर खुद को उडाती हैं, इस बेरूख दुनिया से

आँखों की झ़ील सी खामोशी में अक्स झिलमिला रहे
पहाड़ो के रंग का मन्ज़र धीमी रोशनी में ज़ाका होने लगे

सन्दल सी शाम, सुरमई सा सहर, रेशमी रोशनी को बाहो में समेटे
छोटी बातें, छोटे नोंकझोंक, दिल के समुंदर के थपेड़ो में बहाये

टिप टिप करती झिर झिर बूँदे झील में जलतरंग, बजाते
हल्की हल्की गुनगुन हवा की गूँजे बनो में बाँसुरी बजाते

129. किसी की उठान मौसम की तरह बदल गया

किसी की उठान मौसम की तरह बदल गया
तुलु-ए-आफताब से गुरुबे-आफताब बन गया

क़ैद किया है हरेक ज़िन्दगी को व़क्त के खटकाने
चन्द घड़ियाँ वफाये-मोहब्बत हम जो जुटा पायें

दिल टिम टिम रोशनी हो गया, जुगनूओसे दिल लगाने से
शज़रो के बीच धूप की धारे लूट ली, आँखों के इशारे से

आँख भर आई और नदी कलकल करती निकल पड़ी
पता नहीं वो कौन से मैदानों, गाँवो से गुज़रकर ठहर पड़ी

शाम का परचम लहराया तो फितरत ने चूनर ओढी
सवेरे की पेशानी नींद से जागी, तसव्वुर ने आँखे खोलीं

130. कोई उम्मीद नज़र नहीं आती, कोई बरकत बर नहीं आती

कोई उम्मीद नज़र नहीं आती, कोई बरकत वर नहीं आती
हरदम तलाशे-ग़ैर में जीता है आदमी, होता है डर अपनी मुलाकात

चील की उड़ान हवा के तेज़ झोंकों के खौफसे नहीं डरती
उम्मीद चोटी के चट्टानों से, टकराते, गिरते नहीं डरती

विचारों के लफ्ज़ बदलते रहते तो लफ़्ज़ो का सलीका बदल जाता है
ये जो जंग है विचारों से लफ्जो का, सारी कायनात बदल जाता है

मुझसें ही वो खुश्बू है जो कूट कूट कूर भरी है
मैं जब भटकी गलियाँ अकेले, फूल फूल से मिलवाई है

बोलबाला है तेरे रंग का कोई रंग उसे धुँधला न कर सका
रहम है तेरे इश्क का, जो रगों में गरमजोशी को कम न कर सका

131. सांसों की डोरी कट गई, रूह सितारों में बस गया

सांसों की डोरी कट गई, रूह सितारों में बस गया
अलबेला साजन से डोर बँधी, रंगे-जाविद बस गया

खुशी से महकता था घर का कोना कोना-दरो दीवार
चाय की चुस्कियों से महकिला था महेमानों के दिलोजान

पल अब साल, और अब सदी में तबदील हो गये
बारिशों के सुहाने दिन जो थे, पंख लगाकर कहाँ उड़ गये

रिश्तों की बेइन्तहा भीड में जब पहचान खुद की भूल जाते
तो एक वो ही रिश्ता जो हमसफर हमराज़ है उसे हम चुन पाते

अल्लादीन का चिरागे-चीन मेरे जादुई हाथ जो लग जाती
तो जीन को हुक्म दे मेरे अलबेले साजन को मैं बुलाती

132. पलकों पर नींद घिर आई है, चलो सो जायें

पलकों पर नींद घिर आई है, चलो सो जायें
हरी घास पर ओस बिछ गई है, चलो सो जायें

बादल सब आ गये है, चलो उड़ जाये
झोंके पत्ते गिरा रहे हैं, चलों उड़ जायें

अगम बारिशों की चादरे हैं चलो खो जायें
चिनारों को चोरती रोशनी है चलो खो जायें

रंगीन बादल झील पर ठहरे हैं, चलो तैर चलें
नीला समुंदर नीले आसमां से मिला है चलो तैर चलें

बर्फ़ की आँधी आने तक क्यूँ रूकें, चलो घर चले
जंगल में अँधेरा होने तक क्यूँ रूकें, चलो घर चलें

133 गुबार का तूफान जब हटेगा, तभी आसमां साफ दिखेगा

गुबार का तूफान जब हटेगा, तभी आसमां साफ दिखेगा
गुमान का पर्दा जब हटेगा, तभी प्यार बेदाग़ दिखेगा

हल्की हल्की खुमारियों के पयाम धनक तक पहुँच गये
हल्के हल्के ख्वाबों की लहरें आबशार से बहते चले गये

आन बान शान कुदरत के जौहर पर निछावर कर दूँ
फलक के सितारों को तेरे मुशर्रफ पर निछावर कर दूँ

छूकर तुम्हें लम्हें पिघल गये किताबों पर जो धूल जमी थी
पाकर तुम्हे आबोदाना खिल गया, ज़हन पर जो घूल जमी थी

साया किसी का हरदम आसपास ही रहता है रूह में
सुध किसी की हरदम आसपास रहती है दिल पर धुंध सा मदहोश सारपोश

134. सरसों के लहललाते खेत आँखों में दूर दूर तक फैले थे

सरसों के लहललाते खेत आँखों में दूर दूर तक फैले थे
फलक पर रहते शहनशाह दिलों में दूर दूर तक फैले थे

उमड़-घुमड़ गहराते बादल रोम रोम में छाये थे
रिमझिम शीश महल सी बूदे मन के मन को भाये थे

रंग-बहारे सुबह-गुलिस्ता, रोज़ फूलों की बातें चलती
आँखों की महक हँसी की किलकारियां, रोज़ फूलों की बातें चलती

कोरे कागज़ के आबरू पे सब्ज़ था मेरे दिल का ज़ख्म
खामोशी के रिश्तों के सुर, जख्म फक़त गुनगुनाते लफ्ज़

मुरशिद राग के दिली सुरों ने छेड़ा था एक अनोखा राग
उसमें जाने कौन कशिश थी लाई थी झड़ियाँ अनजाने सें

135. फूलों को मदहोश निगाहों से पी चुके हैं हम

फूलों को मदहोश निगाहों से पी चुके हैं हम
जो दिखता था वो था नहीं, जो था वो दिखता नहीं

घनघोर घटा प्यार का घिर चुका था, अन्धेरा जाविदाम
मौसमे - बहार का शामियाना लग चुका था, रंग आमेज़ी पुरबहार

मेरे बचपन के दोस्त, वो बगिया वो गलियाँ
आज जाने कहाँ रूसवा हुआ वो मकाम, वो मेरा जहान

आते हो तुम, तो सपनों के पैरों तले चाँदनी बिछ जाती है
जाते हो तुम, तो अन्देसा के फासले रेगिस्तान से फैल जाते है

जलतें हैं दिये की लौ, अन्धेरे छुप जाते हैं
हँसते हैं पायल ज़मी के, अंकुर फूट जाते है

136. बिछड़के तुमसें मरना है, ये तजुरबा भी इस ज़िन्दगी में करना है

बिछड़के तुमसें मरना है, ये तजुरबा भी इस ज़िन्दगी में करना है
आहों को दिल में छुपाना है, ये तजुरबा भी इस ज़िन्दगी में करना है

तुम्हारे साथ हर तम्हों को मैंने अक्स माना है
उन सभी लम्हों के लम्हों को ठहराना है

चेहरा तुम्हारा देखकर, रगों में जीने की नफ्स खिलती थी
एक खुली किताब बनकर, पन्नों के सिरा पर उभरती थी

खो गई हूँ मैं गमों के सेहरा में तुम जहाँ भी हो पुकारो मुझे
खो गई है फूल की महक ग़र्द में, तुम जहाँ भी हो उठालो मुझे

137. माँ एक अल्फाज नहीं, एक जीता जागता एहसास है

माँ एक अल्फाज नहीं, एक जीता जागता एहसास है
माँ, जो तुम नहीं, तो जीने का एहसास भी नहीं

हर खुशी से दामन को तुम भरती हो माँ!
हर दिन रात दुआएँ तुम देती हो माँ!

हर वो ताकतों और मुश्किलो से लड सकती हो माँ
ज़िन्दगी की बहारों और बारिशो को देती हो माँ

सात सुरों के सात समुँदर सी गहराई में सराबोर हो माँ
ज़मी और आसमा के बीच की अहम गाँठ हो माँ

हिमालय की ऊँचाई की उदारता है तुम्हारा सहज स्वभाव
माँ के रूप में आते ही तुम्हारी कुरबानी होती है इसार

प्राध्यापक अरूणकुमार भट्ट अपनी निजी विशाल लाइब्रेरी में।

भुवनेश भट्ट

सुरभी भट्ट - जेकोब डेरी

www.ingramcontent.com/pod-product-compliance
Lightning Source LLC
LaVergne TN
LVHW050859051026
849532LV00006BA/2309
9789394059160